Frédéric Pouhier & Susie Jouffa
Illustré par Philippe Petit-Roulet

Comment lutter contre la plus grande pandémie :

LES CONS

FIRST
ÉDITIONS

ISBN : 978-2-412-07703-0

Dépôt légal : février 2022

Imprimé en Italie par La Tipografica Varese

Illustration de couverture

et illustrations intérieures : Philippe Petit-Roulet

Mise en pages : Lise Rollot

Correction : Anne-Lise Martin

Éditions First, un département d'Édi8

92, avenue de France

75 013 Paris – France

Tél. : 01 44 16 09 00

Fax : 01 44 16 09 01

E-mail : firstinfo@efirst.com

Site Internet : www.editionsfirst.fr

Frédéric Pouhier & Susie Jouffa
Illustré par Philippe Petit-Roulet

Comment lutter contre la plus grande pandémie :

LES CONS

FIRST
ÉDITIONS

« Monsieur, arrêtez immédiatement de me harceler, je n'ai vraiment pas le temps d'écrire la préface de votre livre. »
Emmanuel Macron

« Le livre le plus inspirant que j'ai lu depuis des années. »
Thomas Pesquet (à propos d'un autre livre que celui-ci)

Sommaire

Préface signée par
le professeur Kevin Raoult,

épidémiologiste, infectiologue et spécialiste reconnu de la connerie

Avant d'aborder le thème qui nous intéresse dans cet ouvrage, le virus de la connerie, j'aimerais commencer par une petite parenthèse pour évoquer, en quelques mots très brefs, mon parcours et dire comment je suis devenu la star de l'épidémiologie, la Rihanna des maladies infectieuses, le Mick Jagger des bacilles. Comme chacun sait, je suis titulaire d'un doctorat d'État en biologie humaine, sur les nouveaux aspects cliniques, biologiques, physiopathologiques et épidémiologiques de la fièvre aphteuse. Tout le monde a évidemment lu cette étude, ce n'est donc pas la peine de revenir là-dessus. Bien sûr, j'ai réussi avec brio mon cycle d'études de biologie humaine : certificat Bactériologie-Virologie générale en 1979, certificat de Pharmacologie générale, les doigts dans le nez en 1980, l'équivalence de maîtrise en 1982, sans mettre un pied en amphi, et un AEA de Bactériologie, mention assez bien. Tout ceci m'a permis de passer maître de conférences à l'âge de 12 ans et demi, professeur d'université à 13 ans, et enfin doyen à 15. Bien que je déteste parler de moi, je suis bien trop modeste pour cela, comment ne pas mentionner les centaines de prix nationaux et internationaux reçus durant ma brillante carrière ? Si le prix Nobel d'infectiologie existait, je l'aurais probablement remporté tous les ans depuis 20 ans.

Passons maintenant au cœur de mon travail
sur la pandémie de connerie...

Professeur, je suis désolé de vous interrompre
mais vous avez fait trop long à propos de votre
curriculum vitae, il ne reste plus de place
pour la suite de votre préface.

Trop long ? Je n'ai même pas évoqué
mon bac pro plomberie mention assez bien,
mon brevet des collèges et mon BAFA !

Merci beaucoup professeur.

Ah oui, et j'ai aussi eu le permis B,
en deux fois seulement.

Merci mais il ne faut pas rester là, monsieur.

Connard ! Puisque c'est ça,
je vais me saouler, seul, à la chloroquine !

Introduction

La connerie, cette pandémie silencieuse

C'est indéniable, les cons sont comme les feux tricolores, on en trouve à chaque coin de rue. Même s'ils ont toujours existé, les cons sont de plus en plus nombreux. Ce n'est plus une simple épidémie – c'est une véritable pandémie. Elle déferle de par le monde, vague après vague. Les cons et les connes sont, telle une armée de zombies, prêts à nous manger le cerveau et, inexorablement, à nous contaminer. Cette pandémie ne connaît pas de frontières, de classes sociales, elle touche aussi bien les bébés que les seniors. Mais ce qui la rend d'autant plus dangereuse, c'est qu'elle est silencieuse et pernicieuse, comme le faisait remarquer Coluche, dès les années 1980 :

> ***« Chaque année il y a de plus en plus de cons, mais cette année j'ai l'impression que les cons de l'année prochaine sont déjà là. »***

En quoi la connerie est-elle contagieuse ? En 2005, des chercheurs ont remarqué que, lorsque nous sommes confrontés à des gens qui n'ont pas la même compréhension des choses que nous, notre cerveau modifie sa perception de l'espace pour se persuader que les personnes autour de nous ont raison. Il y a donc un vrai risque pour que vous soyez, un jour ou l'autre, contaminé par la « connerie » des autres.

Quels sont les symptômes de la connerie ? Est-ce que vous fréquentez beaucoup de cons et de connes en une semaine, en une journée ? Combien y a-t-il de cons dans votre open space ? Dans votre cercle familial et amical ? Existe-t-il un vaccin contre ce fléau mondial ? Quels sont les gestes barrières recommandés ? Nous tenterons, dans cet ouvrage, de répondre à toutes ces questions et à bien d'autres, avec l'aide de sociologues, chercheurs, spécialistes des sciences cognitives, bref des gens qui sont loin d'être cons.

C'est tout con

La première vague de la pandémie du coronavirus était due aux pangolins qui sont en voie d'extinction. La pandémie de connerie, aux blaireaux... espèce, elle, en pleine expansion.

!

Avertissement au lecteur

Ne pas confondre ignorance et connerie

*Le con est un ignorant, certes,
mais un ignorant qui ne veut surtout pas
apprendre et qui se complaît dans
ses certitudes. La vraie connerie, c'est
cette suffisance intellectuelle qui ne laisse
aucune place
au doute. L'ignorant est, quant à lui,
un homme ou une femme qui ne sait pas
encore mais qui n'a rien contre le fait
de s'amender et de progresser dans
sa longue quête du savoir.*

*Nous recommandons aux con·nes
de ne pas se sentir offensé·e·s par ce livre
dans lequel, comme tout livre d'humour,
toute ressemblance avec personne connue
est tout à fait fortuite.*

LE PREMIER CON

La connerie, un phénomène trop peu connu

L'origine du virus en question. Qui était le patient zéro ?

Le virus de la connerie est vieux comme le monde. Il date de l'apparition de la parole chez nos très lointains ancêtres. Une hypothèse longtemps retenue est que, chez l'homme, le début du processus de la parole remonterait à une modification physiologique induite par la station debout.

Il y a 100 000 ans environ, l'*Homo sapiens* moderne et même celui plus rustique, le Néandertal, usaient déjà pleinement de la parole et, du coup, étaient déjà susceptibles de prononcer bon nombre de conneries. Ce dont, croyez-en nos recherches, ils ne se privaient pas.

Témoignage

« J'étais sceptique mais grâce aux pierres énergétiques, j'ai pu chasser les esprits négatifs et les cons de mon entourage. ***Faut juste bien viser la gueule.*** *»*

Interview exclusive

Après des années d'investigation, nous avons enfin découvert, dans les archives poussiéreuses du Muséum national d'Histoire naturelle de Paris, une interview du patient zéro, le premier con sur Terre. Cet entretien a été réalisé par un jeune journaliste à l'époque, Michel Drucker.

MD : Bonjour Pierre, vous êtes un homme de pierre et vous vivez à Lascaux en Dordogne.

Ouais, c'est bien ça, Michel. Je vous regarde tous les dimanches à la télévision avec ma femme, Pierrette.

Je vous sens passablement énervé.

Interview exclusive

Ne m'en parlez pas ! Venez voir, entrez dans ma grotte, Michel. Regardez ce que ces petits saligauds ont fait ! des tags sur mes murs ! Non mais ça rime à quoi ? Des traces de mains, des dessins de mammouths. Vous appelez ça de l'art, vous ? Vous savez quoi, ce qui manque à la jeunesse, c'est une bonne guerre du feu pour leur remettre les idées en place !

Moi, je ne suis pas raciste MAIS on ne m'empêchera pas de penser que si les Néandertaliens disparaissaient de la surface de la Terre, on s'en porterait bien mieux. Bon, c'est pas tout ça mais je dois aller chasser. C'est pas ma feignasse de femme des cavernes qui va le faire.

À ce propos, Pierrette, nettoie les murs et enlève la peinture, sinon tu vas moucher rouge.

Savoir repérer un con quand on en voit un

Quels sont les symptômes de la connerie ?

La connerie est une maladie particulièrement fourbe car, la plupart du temps, le porteur ne se rend même pas compte qu'il est malade. Ses amis et sa famille essaient pourtant, de temps à autre, de le prévenir : « T'es con Robert ! », « Oh, Roro, arrête tes conneries ! » ou encore « Je te quitte, Robert, tu es vraiment trop con ».

Eh bien, même dans ces cas extrêmes, le patient, Robert dit Roro en l'occurrence, ne se rend pas compte du mal qui le ronge insidieusement et il continue à vivre normalement sa vie de con, comme si de rien n'était, en risquant à tout moment de contaminer ses proches.

CONSEIL DE SAGE

« On dit toujours qu'on ne peut pas être et avoir été. Eh ben, j'en connais un, dis donc, il a été con et il l'est encore ! »

Coluche

Faites attention !

Il existe néanmoins quelques signes pour repérer les symptômes de la connerie :

◆ La puissance sonore d'un con est inversement proportionnelle à la hauteur de ses propos.

◆ L'arrogance lui tient lieu de colonne vertébrale.

◆ Au volant, le con est capable de klaxonner et d'insulter une mamie traversant trop lentement sur le passage piétons.

◆ Le patient infecté commence souvent ses phrases par : « On critique beaucoup Le Pen mais… »

◆ Il a toujours un avis tranché. Avec lui, tout est blanc ou noir. Jamais, au grand jamais, vous ne trouverez de nuances dans ses propos.

◆ Il pense que tout le monde est con, sauf lui, bien sûr.

◆ Le con est persuadé que ses valeurs sont universelles : « Attends, je suis pas plus raciste qu'un autre. »

◆ Un seul sujet l'intéresse, lui-même.

◆ Les cons aiment être flattés.

◆ Les cons ne respectent jamais les files d'attente.

Peut-on dépister la connerie à l'aide d'un test ?

La connerie est moins facilement détectable que d'autres maladies comme la Covid, par exemple. Néanmoins, si vous enfoncez un écouvillon sur une profondeur de 20 centimètres sans rencontrer la moindre résistance, cela veut dire que le patient n'a pas de cerveau. Il y a de fortes chances pour que vous soyez en présence d'un vrai con.

> Mise en garde : pour les autres, ce test est particulièrement douloureux. Il doit être effectué par un professionnel.

Il existe également un test salivaire pour détecter le virus mais il est peu fiable. Il consiste à récupérer le postillon d'un con potentiel et à le faire analyser. S'il contient du pastis, il y a des fortes chances que vous ayez affaire à un con, ou à un Marseillais, ou, bien sûr, à un con marseillais.

Con-seils, trucs & astuces

**Le doute est l'antidote à la connerie.
Alors, osez dire « je ne sais pas, je vais me renseigner » avant de répondre bêtement à une question dont vous n'avez pas la réponse.**

AUTOTEST EXPRESS

Pensez-vous être mieux qualifié que le président de la République pour gérer une pandémie mondiale, telle que la Covid ?

O Oui
O Non

Résultat : si vous avez une majorité de oui, il est probable que vous soyez porteur du virus de la connerie ou que vous soyez Jean-Luc Mélenchon.

La perte de goût est-elle un symptôme de la connerie ?

Lors de la pandémie de la Covid, un symptôme récurrent a frappé une partie des malades, la perte de goût : tous les plats, même gastronomiques, n'avaient plus aucun goût, comme à la cantine du collège. Mais retrouve-t-on ce symptôme chez les cons ? La réponse est non. On peut avoir très mauvais goût, préférer Patrick Sébastien aux Rolling Stones, Desigual à Saint Laurent, cela ne fait pas de vous un con, juste un beauf.

La diarrhée verbale, ce symptôme peu ragoûtant

Nous espérons que vous n'êtes pas en train de lire ce livre tout en déjeunant. Si c'est le cas, passez ce chapitre et revenez-y plus tard. L'un des symptômes du virus de la connerie, tout comme pour la gastroentérite, est la diarrhée. Mais à la différence du virus que l'on attrape l'hiver quand on ne se lave pas correctement les mains, c'est d'une diarrhée verbale, et non anale, que sont victimes les cons. Rien n'y fait, ils ne peuvent s'empêcher de dire de la merde à longueur de journée. C'est pourquoi, à chaque fois qu'ils entendent que la pandémie progresse, ils se ruent dans les supermarchés faire le plein de papier toilette.

Un bon conseil !
Arrêtez d'être con, il y a bien trop de concurrence.

LE COURRIER DES LECTEURS

Bonjour docteur. J'ai depuis 10 minutes une grande douleur à la poitrine, un essoufflement, des sueurs et des vomissements. Est-ce le virus de la connerie ?

Marcel, 71 ans, Nice.

Cher Marcel, rassurez-vous, ce ne sont pas des symptômes de la connerie. Cependant, vous êtes en train de faire une crise cardiaque ! Alors, appelez le SAMU au lieu d'écrire bêtement à des auteurs de livres d'humour. Dépêchez-vous ! Vous êtes con ou quoi ?

Tout comme le Covid long, existe-t-il une connerie longue ?

Nous avons déjà tous rencontrés au moins une fois dans notre vie, des hommes et femmes qui, de l'enfance à la mort, restent cons toute leur existence avec une régularité impressionnante. Alors, certes, ils connaissent parfois de courtes périodes de rémission mais le mal en eux est bien trop virulent pour se résorber totalement.

Laissez-moi vous conter la triste vie de Raymond, dit « **Raymond le connard** ».

Raymond est né en 1939, une année où des cons déclenchaient une guerre mondiale, au mois de février, le pire mois de l'année. Le jeune Raymond grandit dans une famille aimante et ne manqua de rien malgré les privations. À l'âge de 5 ans, alors que sa mère lui demandait de ranger sa chambre, le jeune enfant, pour se venger de l'affront, fila à la Kommandantur raconter aux Allemands que ses parents étaient des résistants préparant un attentat contre les valeureux soldats de la Wehrmacht.

Hasard ou coïncidence de la vie, 24 heures plus tard, le jeune Raymond devint orphelin. À 20 ans, revenu de la guerre d'Indochine avec du sang sur les mains et un grand sourire aux lèvres, il épousa une gentille fille et lui fit trois marmots. Alcoolique depuis l'âge de 5 ans, il devint un véritable tyran domestique. Au travail, ce n'était pas mieux. Il était devenu petit chef, et rien ne l'amusait davantage que de faire craquer les quelques secrétaires qu'il avait sous ses ordres. Puis vint l'âge de la retraite. S'ennuyant avec sa femme, les enfants étant partis et ne donnant plus de nouvelles, Raymond, pour passer le temps, trompa son épouse avec quelques voisines dépressives.

Entre deux manifestations de Gilets jaunes, pendant lesquelles Raymond retrouvait sa jeunesse en s'amusant à caillasser la nouvelle Megane de son voisin, tel un roitelet tyrannique sur son rond-point, il organisa un check-point comme dans sa jeunesse en Algérie française. Jusqu'au jour où, à 81 ans, il mourut de la Covid car il avait refusé de se faire vacciner. Si ce n'est pas une vie de con !

Nous avons tous connu des gros cons comme Raymond, ces patients atteints de connerie longue.

Que faire pour soulager ces patients ? Les scientifiques hésitent entre les cures de thalassothérapie et une euthanasie par sédation profonde. Le mieux étant peut-être une noyade par sédation profonde lors d'une cure de thalassothérapie.

Con-seils, trucs & astuces

Comment repérer un con sur son téléphone ? Un con regarde sur son smartphone la météo pour savoir quel temps il fait dehors.

« – Du con, tu connais le concept de la fenêtre ? »

Les cons sont-ils toxiques ?

Pour le psychologue Robert Sutton, « les cons sont toxiques et il faut s'en préserver car toute transaction avec l'un d'eux pourrait vous mener conjointement au naufrage ».

Il existe des personnes toxiques, conscientes de leur pathologie, et des personnes toxiques qui ignorent totalement l'effet qu'elles ont sur les autres. Dans l'un et l'autre cas, les personnes toxiques sont source de conflits, elles provoquent le stress et peuvent même aller jusqu'***à faire ressentir un sentiment de mal-être*** qui engendre un manque de confiance chez la personne contaminée. La première chose à faire pour s'en éloigner, c'est de les identifier !

Voici une liste, non exhaustive, de leurs principaux défauts.

◆ ***Ils sont égocentriques.*** Ce n'est pas la Terre qui tourne autour du Soleil, c'est le système solaire qui tourne autour d'eux.

◆ ***Ils sont envieux.*** Les voisins se sont acheté une nouvelle voiture, ce n'est probablement pas grâce à leur travail mais grâce à des magouilles.

◆ ***Ils sont persifleurs.*** Tel un agent de la DGSE, ils veulent tout savoir sur tout le monde, les ragots comme l'intimité des voisins et amis.

◆ ***Ils jouent les victimes.*** Ils aiment tellement se faire plaindre, être le centre d'attention, qu'ils sont prêts à mentir éhontémment.

◆ ***Ils sont manipulateurs…*** voire même complètement tordus.

Tel Saint Louis sous son chêne, les personnes toxiques aiment juger leur monde comme un gland.

Interview exclusive

Nous avons interrogé à ce propos le professeur Martin, neurochirurgien et chercheur au lycée professionnel de Cherbourg.

Professeur, les cons peuvent-ils être psychologiquement toxiques pour leur entourage ?

C'est là la grande question concernant cette pandémie. Toutes ces pistes restent à explorer. Mais puisque le trop frileux Comité d'éthique du ministère de la Santé nous empêche, nous les professionnels, de disséquer le cerveau d'un homme vivant, même très con, nous n'avons pas d'autre choix que de laisser cette question en suspens. Ou bien il faudrait nous exiler en Chine où les scientifiques peuvent pratiquer librement leurs expérimentations !

Merci, professeur.

Pays de merde !

Que répond un connard quand il est démasqué ?

Il n'y a rien de plus vexant, pour un con ou une conne, que de se faire démasquer. Vous aurez beau essayer de le convaincre qu'il est atteint par le virus et qu'il doit se faire soigner au plus vite, il niera et refusera de voir la terrible vérité en face. Il vous dira non seulement qu'il n'est pas con mais que c'est vous le con. Nous avons recensé, lors de nos recherches, les huit dénégations les plus typiques.

1 « ***Je ne suis pas con, je suis une personne entière.*** » Bah, oui, c'est bien connu, un non-connard est une demi-personne.

2 « ***Je ne suis pas con, j'ai le sang chaud.*** » Non, ton sang a une température de 36 °C comme tout le monde. Tu es juste encore plus con quand tu t'énerves.

3 « ***Je ne suis pas conne, je suis Taureau ascendant Sagittaire.*** » Non, tu es juste une connasse ascendante pouffiasse.

4 « ***Je ne suis pas con, j'ai mon caractère, on ne me changera pas.*** » Bah, oui, c'est bien ça le problème.

5 « ***Je ne suis pas con. Je paie mes impôts, j'ai le droit de faire valoir ma position.*** » Oui, tu as des droits mais tu as aussi des devoirs, notamment celui de te la fermer.

6 « ***De toute façon, trop bon, trop con.*** » Oui, mais dans ton cas, c'est juste « trop con, trop con ».

CONSEIL DE SAGE

« L'échec, c'est la réussite du con. »

Frédéric Dard

7 *« Je ne suis pas con, c'est de l'humour ! »* Mal parler aux gens, ce n'est pas de l'humour, c'est de la mauvaise éducation.

8 *« Je ne suis pas con, c'est juste mauvais de retenir sa colère. »* C'est vrai, tout comme de retenir ses coups.

En cas d'urgence

Quels sont les gestes de premiers secours à effectuer lorsque l'on est en présence d'une crise de connerie ?

◆ *Branchez les écouteurs de votre téléphone et faites-lui écouter France Culture ou France Musique.*

◆ *Si vous avez un Taser, électrocutez-le pour qu'il revienne à lui. Même si cela ne fonctionne pas, vous verrez, là aussi, ça fera un bien fou.*

◆ *Essayez de lui faire reprendre ses esprits en lui disant : « Vous êtes con mais ça peut s'arranger. »*

◆ *Frappez-le avec une batte de baseball pour qu'il revienne à lui. Même si cela ne fonctionne pas, vous verrez, ça fera un bien fou. Lui appréciera peut-être un peu moins, par contre.*

En combien de temps peut-on être infecté par la connerie ?

Concernant une pandémie classique, l'incubation est la période contenue entre la contamination d'un individu par le virus et l'apparition des premiers symptômes. Par exemple, la durée médiane d'incubation de la Covid-19 est de 5 jours. Pendant cette période, la personne peut être contagieuse. La charge virale culmine au cours de la première semaine de la maladie.

Ce n'est pas le cas pour le virus de la connerie, la charge virale d'un contaminé peut couvrir plusieurs décennies. Il n'y a pas de raison pour que le con, attention, le vrai connard, soit moins contagieux à 45 ans qu'à 60.

Pour ce qui est de l'arrivée des premiers symptômes, ils peuvent prendre des jours, des semaines, des mois, voire des années mais peuvent également être immédiats. Cela dépend essentiellement de l'influençabilité du patient.

Ne l'oubliez jamais

Le connard pense que c'est à nous de nous adapter à lui et non le contraire.

QUESTION DE LECTEUR

« Non, c'est une question de LECTRICE et pas de lecteur. »

Camille, 31 ans et demi, Paris intra-muros

« Est-ce que tous les mâles blancs hétérosexuels sont des cons que l'on devrait pendre sur la place publique pour qu'ils ne reproduisent pas leur vision patriarcale et colonialiste de la société héritée de leurs salauds de pères ? »

Euh, non.

« Ça ne m'étonne pas. C'est bien une réponse de mâle blanc hétérosexuel, dominant, patriarcal et colonialiste ! »

Les variants existent-ils ?

Les différents variants de la connerie

Lorsqu'un virus passe d'organisme en organisme, cela entraîne des modifications au niveau des gènes du virus, lui permettant ainsi de toujours mieux s'adapter aux hôtes qu'il contamine. C'est ce qu'on appelle une mutation, qui conduit à l'apparition d'une nouvelle souche du virus appelée « variant ». Actuellement, plusieurs variants distincts de la Connerie-19 ont été découverts et sont présents dans toutes les régions du globe.

Petit tour d'horizon, non-exhaustif, des variants de la connerie.

◆ ***Le variant italien.***

C'est une souche de la maladie assez particulière puisque c'est la seule qui se transmet à la fois par la parole et par les mains, le connard italien ne pouvant pas s'empêcher de parler en faisant mille gestes.

◆ ***Le variant belge.***

C'est le plus sympathique de tous. Le con belge est certes très con mais avec un sens de l'humour, de l'absurde, et une simplicité assez plaisante. C'est une sorte de cousin de province dont on a un peu honte mais qu'on a plaisir à revoir.

CONSEIL DE SAGE

« Les cons, ça ose tout ! C'est même à ça qu'on les reconnaît. »
Michel Audiard

◆ ***Le variant parisien.***
Le plus redoutable de tous. L'exact contraire du belge. Le variant parisien de la connerie est un mélange de bêtise, d'agressivité et de complexe de supériorité extrêmement élevé.

◆ ***Les variants américains.***
Voir encadré, je déteste me répéter.

◆ ***Le variant chinois.***
C'est un variant assez agressif et peu démocratique. Il se rapproche du variant russe. C'est un virus qui s'attaque d'abord au sens de l'humour et ensuite à votre libre arbitre.

◆ ***Le variant complotiste.***

Voir encadré, je vous répète que je déteste me répéter.

◆ ***Le variant de gauche.***

Ce variant est très particulier.
Le porteur a le sentiment d'avoir raison sur tous les sujets sociétaux, et traitera de réactionnaire, de fasciste, voire de nazi, toute personne qui se montrera en désaccord avec lui.

◆ ***Le variant breton.***
Il est facile à repérer. Une personne contaminée devient, du jour au lendemain, têtue et ne mange plus que du beurre salé.

Zoom sur...
Les variants américains →

Zoom sur…

Les variant américains

Ils sont de deux types : le variant républicain, très présent dans le centre du pays, aussi appelé variant *redneck*, et le variant démocrate, que l'on retrouve, lui, sur les côtes et dans les grandes villes. Commençons par la souche républicaine, la plus facile à repérer. Le con atteint par ce virus est reconnaissable à plusieurs mètres de distance avec son gros 4 × 4, son drapeau des États confédérés et sa casquette de fan de Donald Trump : « *Make America Great Again* ». Surtout, ne tentez jamais de raisonner un con républicain si vous en croisez un, et ce pour deux raisons : tout d'abord, il est indécrottable de bêtise, et surtout, méfiez-vous, il est armé et n'hésitera pas à faire usage de son arme (surtout si vous êtes noir ou un tant soit peu basané). C'est dire s'ils sont cons !

Le variant démocrate est plus pernicieux car plus fin et éduqué. De prime abord, sa bêtise ne se détecte pas à l'œil nu. Le con démocrate semble être érudit, avoir du goût, il est même parfois un intellectuel ou un professeur d'université, mais, ne vous y trompez pas, sa connerie est abyssale. Il pratique la *cancel culture*, autrement dit, selon lui, un écrivain qui ne partage pas ses valeurs doit être éradiqué, censuré et ne doit plus exister ou avoir existé.

Le con démocrate se dit être un homme ou une femme éveillée, un *woke*, et refuse que soient enseignés à l'université le grec et le latin, sous prétexte que l'esclavagisme et le racisme étaient présents dans ces sociétés antiques.

C'est dire s'ils sont cons !

CONSEIL DE SAGE

« Un groupe de loups, c'est une horde. Un groupe de vaches, c'est un troupeau. Un groupe d'hommes, c'est souvent une bande de cons.»

Philippe Geluck

À MÉDITER

La connerie est comme un iceberg, la partie immergée est bien plus importante que la partie visible.

Zoom sur :

Le variant complotiste

Les adeptes des théories du complot pensent que le monde est dirigé par un groupuscule de milliardaires pédophiles, que l'homme n'a jamais mis les pieds sur la Lune, que la Terre est plate et que Bill Gates a mis une puce 5G dans le vaccin anti-Covid pour pouvoir contrôler la population mondiale.

Malheureusement, ce variant est en pleine résurgence à cause des réseaux sociaux, ces lieux de discussions et d'échanges sans hiérarchie où Jojo, fan de Johnny et de Marion Maréchal le Pen, a autant de poids qu'un Boris Cyrulnik.

La crise de la Covid et l'élection de Donald Trump aux États-Unis ont fait prospérer ces groupes de façon exponentielle. Selon une étude menée par Conspiracy Watch et la Fondation Jean-Jaurès, un Français sur quatre croit au moins à une des théories du complot à propos de la Covid. 26 % de la population interrogée pense que le coronavirus a été conçu dans un laboratoire et, pour 17 %, qu'il aurait été créé de manière intentionnelle pour lutter contre la surpopulation.

Les complotistes sont des gens qui ont un orgueil surdimensionné. Ils pensent qu'ils sont les seuls à détenir la vérité et qu'ils ont raison contre le reste du monde. Il est quasiment impossible de les raisonner. Vous pourriez amener un platiste à bord de la station spatiale européenne, à 400 kilomètres dans l'espace, un endroit où l'on voit pertinemment que la Terre est ronde, il soutiendrait à Thomas Pesquet que ce n'est qu'un effet d'optique. Alors, forcément, Thomas Pesquet, qui est pourtant un mec sympa, lui cassera la gueule, le platiste se cognera contre le plafond à cause de l'absence d'apesanteur, il mourra et ce sera le premier meurtre dans l'espace. Ça ferait un excellent épisode de « Faites entrer l'accusé » et, surtout, ce sera bien fait pour lui !

Les complotistes ce sont des supers-contaminateurs. Un complotiste charismatique peut contaminer des milliers de personnes en quelques jours. Chacun sait que le seul et unique complot bien réel n'est pas celui fomenté par la NASA ou par Pfizer mais par les chats, ces fourbes poilus qui veulent asservir les humains et les réduire à l'état d'esclavage.

Oui, Minou, je ne suis pas dupe !

Faut-il pour autant fermer les frontières ?

Non, il n'y a que Marine Le Pen ou Donald Trump pour penser que construire un mur est la solution à tous nos problèmes. Une frontière ne sert pas à grand-chose lors d'une pandémie de connerie. Les pensées n'ont pas de frontières, la connerie non plus.

Elle continuerait, de toute façon, à s'immiscer via les écrans de télévision et sur les réseaux sociaux.

Con-seils, trucs & astuces

Une balle antistress peut s'avérer très utile lorsque vous êtes en présence de cons. Notre astuce pour qu'elle soit vraiment efficace : l'enfoncer profondément dans la gorge du connard.

QUESTION DE LECTEUR

« Je n'arrive pas à vivre sans mon mec, je sais qu'il est vraiment très con mais je suis accro. Que faire ? »

Sarah, 42 ans, Saint-Brieuc.

Écoutez, Sarah, il y a bien des gens qui arrivent à vivre sans un rein, alors vous pouvez très bien vivre sans un trou-du-cul. Souvenez-vous qu'un homme, c'est comme un masque posé sous le nez, ça ne sert finalement pas à grand-chose.

« Les pervers narcissiques, comme mon ex, sont-ils des cons ? »

Emma, 49 ans et demi depuis 3 ans, Neuilly.

Non, Emma, les pervers narcissiques sont une invention créée de toutes pièces pour que les femmes quadras divorcées puissent se plaindre de leur ex. Ce n'est pas parce qu'il est parti avec une femme plus jeune que sa fille qu'il est forcément con, bien au contraire ce serait plutôt un signe d'intelligence.

Existe-t-il une connerie émotionnelle ?

Ce sont les psychologues Peter Salovey et John D. Mayer qui, en 1990, ont fait paraître une étude intitulée « Emotional Intelligence » dans la revue *Imagination, Cognition & Personality,* revue dont le nombre d'abonnés est aussi peu important que celui de *Libération* depuis que la gauche n'est plus au pouvoir. Cet article traite de « l'habileté à percevoir et à exprimer les émotions, à les intégrer pour faciliter la pensée, à comprendre et à raisonner avec les émotions, ainsi qu'à réguler les émotions chez soi et chez les autres ».

En somme, on peut dire que l'intelligence émotionnelle se résume à trois facultés :

◆ ***L'accès à ses propres émotions :***

Qu'est-ce que je ressens au fond de moi ?
Qu'est-ce que telle ou telle situation suscite en moi ?

◆ ***La transposition du ressenti en compréhension :***

Pourquoi je ressens cela ? Qu'est-ce qui se joue dans cette situation qui me « touche » ainsi ?

◆ ***La transformation de la compréhension en compétence pour agir et interagir :***

Comment je peux utiliser ma connaissance des émotions pour prendre des décisions me concernant ?

Est-ce bien clair pour vous ? J'en vois qui dorment en fond de la classe. Répondons maintenant à la question de l'existence, ou non, de la connerie émotionnelle.

La connerie est tout le contraire de l'intelligence émotionnelle. Un con ne se pose pas de question sur son ressenti et encore moins sur l'impact de ses mots ou de ses actions sur les autres. Un con ne pense qu'à lui-même mais n'est pas capable, pour autant, de faire de l'introspection. Le con ne prend pas le temps de faire un pas de côté et de prendre ainsi du recul sur une situation.

Bon, ça suffit les bavardages dans la classe ! Je vous avais prévenus, interrogation surprise, sortez vos copies doubles :

« Est-il sage de se laisser porter par ses sentiments ? »

Vous avez trois heures !

À MÉDITER

Les cons sont comme des films pornographiques de plus d'un quart d'heure, ils ne servent à rien.

La connerie 2.0

Internet rend-il les gens encore plus cons ?

Qui aurait pu penser qu'un outil aussi révolutionnaire et sophistiqué, qui permet à l'humanité entière de communiquer ensemble, rapidement et sans contrainte, un réseau planétaire apportant toute la connaissance du monde, gratuitement et en quelques clics, puisse rendre les gens aussi stupides ? Que s'est-il passé en 40 ans ? Dans les années 1990, Internet était une révolution pour les universitaires, les chercheurs… Dans les années 2020, il est devenu, essentiellement, un déversoir à haine, fake news et théories du complot.

À ce rythme-là, dans 30 ans, on considérera Internet comme maintenant on considère la cigarette, comme quelque chose de nocif et d'addictif. Il y aura, comme sur les paquets de cigarettes, lorsque l'on ouvrira son navigateur, un message de prévention : « Attention : Internet rend con. »

En 2050, les gens diront :

Tu te rends compte ! Je n'en reviens pas !
Tu savais que dans les années 2000,
on laissait les femmes enceintes utiliser Internet ?

Non, vraiment ? Les dingues !

Et c'est pas tout !
Les enfants aussi y avaient accès !

C'est pas possible !
Les enfants pouvaient utiliser Internet ?
Quelle horreur ! C'était vraiment
le Moyen Âge digital.

Il est grand temps d'agir avant qu'il ne soit trop tard. Mais que faire ? Réguler le réseau ? C'est possible, les Chinois, à la fois grands démocrates et hautement avancés technologiquement, réussissent à faire disparaître du réseau tout message critiquant le régime… allant même jusqu'à faire disparaître, physiquement, l'internaute un peu trop critique. Et si nous faisions de même avec la connerie ? Bien sûr, je ne propose pas d'enfermer les cons dans des camps de rééducation comme le font les Chinois avec les Ouighours. Non, c'est irréaliste, les cons sont bien trop nombreux. Mais pourquoi ne pas flouter les commentaires qui commencent par « Je ne suis pas raciste mais », ou qui contiennent « Comme Zemmour le dit… » ?

Rassurez-vous, messieurs, nous ne censurerons pas la pornographie, car Internet sans le porno, c'est comme une équipe de foot sans attaquants, cela n'a aucun intérêt.

C'est tout con
Le ridicule ne tue pas.
La connerie, si !

QUESTION DE LECTEUR

« Il faut se laver les mains pour ne pas attraper la Covid, mais faut-il se laver le cerveau contre la connerie ? Si oui, comment ? »

Louison, 41 ans, Brest.

Merci, Louison, pour cette excellente question, probablement la plus intéressante que l'on ait reçue car, soyons honnêtes, la plupart des lecteurs nous ayant écrit sont, sans vouloir leur manquer de respect, à moitié cons. Bref, effectivement, il est conseillé, pour lutter contre la pandémie, de se laver le cerveau. Alors, évidemment, pas avec du gel hydroalcoolique, vous finiriez dans le même état que le pauvre Jean-Marie Bigard. Non, pour se laver le cerveau, rien de tel que de s'isoler dans un lieu paisible pour lire un bon livre ou écouter un concerto de Rachmaninov.
Bon, ça marche aussi avec le dernier Marc Levy et un live de Vianney, mais c'est bien moins efficace.

CONSEIL DE SAGE

« La démocratie, c'est la moitié des cons plus un. »

Philippe Bouvard

CONSEIL DE SAGE

« La tolérance, c'est quand on connaît des cons et qu'on ne dit pas les noms. »

Pierre Doris

CONSEIL DE SAGE

« Bêtise humaine. Humaine est de trop : il n'y a que les hommes qui soient bêtes. »

Jules Renard,
Journal, 21 mai 1898

C'est tout con

Contrairement à l'estomac, le cerveau, lui, ne vous prévient pas quand il est vide.

Pourquoi les médias accordent-ils si peu de place à la pandémie de connerie ?

Lorsque l'on compare les chiffres des heures de couverture médiatique sur la pandémie de la Covid et ceux sur celle de la connerie, par les chaînes d'info, les radios et la presse écrite, le constat est sans appel : 22 heures sont passées, chaque jour, à ~~déblatérer~~ informer sur la Covid alors que les deux heures restantes sont consacrées à de la publicité, souvent plus intéressante que les programmes. Mais concernant la pandémie de connerie, zéro minute d'antenne !

Pourquoi ce silence assourdissant à propos des cons ? Les journalistes nous cacheraient-ils quelque chose ? Est-ce un complot planétaire visant à passer sous silence ce fléau ?

Non, la raison est tout autre. Les médias sont, pour la plupart, des entreprises commerciales vivant intégralement de la publicité. Or, il n'est pas commercialement efficace de traiter 35 % de ses téléspectateurs de cons, même si les responsables marketing et des programmes sont bien conscients de leur existence.

Sinon, pourquoi programmeraient-ils des émissions comme « Les Anges de la téléréalité » ou bien « Le Loft » ? Patrick Le Lay, l'emblématique PDG de TF1 dans les années 1990, ne déclarait-il pas, à ce propos : « Ce que nous vendons à Coca-Cola, c'est du temps de cerveau humain disponible » ?

Cette déclaration, cynique mais sincère, ne fait que confirmer que les médias ont besoin des cons, tout comme les cons ont besoin de leurs séries américaines le soir à 21 heures. C'est un cercle vicieux, un rapport dealer-client. Le dealer étant, dans le cas présent, les médias grand public.

CONSEIL DE SAGE

« Le pluriel ne vaut rien à l'homme. Et sitôt qu'on est plus de quatre, on est une bande de cons. »

Georges Brassens

À MÉDITER

Ne pas aimer les cons n'annule pas la probabilité d'en être un.

QUESTION DE LECTEUR

« Ma femme a des paroles incohérentes. Je veux dire encore plus incohérentes que d'habitude. Est-ce un symptôme de la connerie ? »

Bernard, 55 ans, Annecy.

Non, rassurez-vous, elle n'est pas atteinte par le virus. Au pire, c'est un petit Alzheimer. Au mieux, c'est juste parce que vous ne l'écoutez plus avec attention, depuis déjà quelques années.

Que disent les psychanalystes à propos de la connerie ?

La psychanalyse est toujours un sujet de controverse, même 80 ans après la mort de son fondateur. Charlatanisme pour certains, méthode miracle pour les autres, la psychanalyse laisse rarement indifférent.

Le but de ce chapitre ne consiste pas à débattre du bien-fondé de cette pratique mais il est de savoir si la psychanalyse peut, oui ou non, soigner la connerie. Pour cela, nous avons rencontré le Dr Sigmund Fraude, psychothérapeute à Paris.

Con-seils, trucs & astuces

Comment repérer un con pendant le Tour de France ? Le con ou la conne imagine que ça aide les coureurs de courir à leurs côtés en leur hurlant dans les oreilles et en les aspergeant d'eau.

À MÉDITER

La réincarnation doit exister. Certains ne peuvent pas être devenus aussi cons en une seule vie.

Interview exclusive

Merci, docteur, de nous recevoir pour cette petite interview.

Aucun problème.
Allongez-vous sur le divan et détendez-vous.

Non, en fait, je ne suis pas là pour un rendez-vous mais pour un entretien.

Oui, oui, allongez-vous.
Ça fera 120 euros pour la demi-heure. La psychothérapie est la seule médecine où, si cela ne vous coûte pas un bras, ça ne marche pas. Je ne prends que du liquide. Ma machine à carte bleue est en panne depuis 1999.

C'est un malentendu, j'écris un ouvrage sur la connerie et…

Interview exclusive

**Avez-vous déjà rêvé
de voir votre mère nue ?**

Quoi ? Non. Pas du tout.
Mais quel est le rapport ?

Le rapport… c'est intéressant que vous employiez ce mot « rapport », comme dans « rapport sexuel ». Il paraît évident que vous n'avez pas réglé votre Œdipe. Je préconise deux rendez-vous par semaine, disons le mardi et le jeudi à 15 h 30 ? Ça vous va ?

Euh, oui, si vous le dites.
C'est vous le spécialiste.
Mais avant de partir, pouvez-vous répondre à ma question :
la psychothérapie peut-elle guérir de la connerie ?

Interview exclusive

Un de mes maîtres à penser, Jacques Lacan, disait : « La psychanalyse est un remède contre l'ignorance. Elle est sans effet sur la connerie. » La pratique de la psychanalyse est soumise aux exigences d'une recherche intérieure, avec ses succès et ses échecs, mais c'est surtout une remise en question, ce qu'un con est dans l'incapacité totale de faire. Freud disait quelque chose de très important dans La psychanalyse de la sagesse. Il disait que…

Ah, désolé, la demi-heure est écoulée. La séance est terminée. Je crois que l'on a bien avancé aujourd'hui.

Merci, docteur,
pour cette explication limpide.

Pas de problème, aider les gens est mon métier, ma façon de vivre, mon sacerdoce. Vous n'oublierez pas de régler les 120 euros à ma secrétaire et on se revoit mardi à 15 h 30.

C'est tout con
Sur 10 mecs,
il y en a 11 de cons !

Que disent les intellectuels à propos de la pandémie de connerie ?

Loin de nous l'idée d'écrire que le niveau intellectuel de la vieille Europe est en plein déclin, mais force est de constater qu'en 2500 ans, nous sommes passés de Socrate discourant sur l'agora à Francis Lalanne sur Facebook et à BHL dans ***Paris Match***. C'est pourquoi nous avons préféré, dans ce chapitre consacré aux philosophes, essayistes et romanciers, évoquer les textes de nos glorieux anciens plutôt que ceux de Bigard, Onfray ou autres intellectuels 2.0 que l'on peut retrouver sur Tweeter ou les plateaux télé.

La connerie et la bêtise sont des sujets d'étude bien mieux traités par les philosophes et romanciers que par n'importe quel sociologue. Pourquoi ? Parce que l'humain, ses failles, faiblesses et fêlures sont au cœur de leur profession. Le romancier et essayiste belge Jacques Sternberg s'interrogeait déjà au siècle dernier : « Peut-être qu'un jour, on découvrira que la bêtise n'est rien d'autre qu'un virus. » C'est bien là tout l'objet de ce livre. Nous sommes sûrs qu'il va apprécier cet ouvrage et le dévorer, même s'il est décédé depuis plus de 15 ans.

◆ **Pour Balzac :** « La bêtise a deux manières d'être : elle se tait ou elle parle. La bêtise muette est supportable. » (*Pierrette*, 1840)

Au XVIe siècle, la proportion de cons dans la population –bien que moins nombreuse– était déjà un vrai problème. Montaigne écrivit, dans ses *Essais* : « L'affirmation et l'opiniâtreté sont des signes exprès de bêtise. »

◆ **Pour Albert Camus**, grand pourfendeur de la connerie en son siècle : « La bêtise insiste toujours. » (*La Peste*, 1947)

« La bêtise a ceci de terrible qu'elle peut ressembler à la plus profonde sagesse », selon le poète Valéry Larbaud (*Fermina Marquez*, 1911).

◆ **Marcel Proust**, quant à lui, écrivit à propos de cette pandémie de connerie : « Le nez est généralement l'organe où s'étale le plus aisément la bêtise. » Pourquoi, diable, le nez ? Si vous avez compris cette phrase, n'hésitez pas à nous écrire pour nous donner une explication.

Terminons ces quelques réflexions philosophiques par celle d'Ernest Renan, l'un des plus brillants intellectuels français du XIXe siècle, qui déclarait :

« La bêtise humaine est la seule chose qui donne une idée de l'infini. »

QUESTION DE LECTEUR

« Est-ce que la pandémie de cons est un sujet qui peut tomber au prochain bac philo ? »

Matéo, 17 ans, Caen

C'est peu probable, Matéo. L'Éducation nationale a toujours refusé d'enseigner ce qu'est la connerie et ses implications dans les programmes scolaires, ce qui prouve qu'au sommet de cette institution se trouvent des cons qui n'ont vraisemblablement pas envie d'être démasqués.

CONSEIL DE SAGE

« Le meilleur argument contre la démocratie, c'est une conversation de cinq minutes avec l'électeur moyen. »

Winston Churchill

Le président de la République doit-il prendre la parole à propos de la pandémie de connerie ?

L'exécutif a été très présent dans les médias pour mettre en garde contre les dangers de la Covid, mais pourquoi est-il si discret concernant la pandémie de cons ? Grâce à notre insistance, le président de la République a accepté de publier, dans cet ouvrage, un communiqué.

Voici donc, en exclusivité, la déclaration du président de la République française sur le sujet

(Imaginez, dans votre tête, La Marseillaise *durant quelques instants pour donner plus de solennité à ce moment. Merci de votre collaboration.)*

« Françaises, Français, Connes, Cons, Idiotes, Idiots, Benêtes, Benêts, Electrices, Electeurs,

Nous sommes en guerre, une guerre sans bombe, sans arme. Une guerre où l'instituteur remplace le soldat. Une guerre où le crayon remplace la Kalachnikov. Une guerre où l'ennemi ne se trouve pas au fin fond du Sahel mais à droite en sortant de l'ascenseur.

Il s'agit d'une guerre contre les cons, cette pandémie planétaire dont notre pays n'est pas épargné. Bien au contraire.

Quoi qu'il en coûte, ensemble, nous éradiquerons ce fléau. J'ai bien dit « quoi qu'il en coûte ». Bon, de toutes les façons, depuis la Covid, les caisses de l'État sont vides. J'ai davantage endetté le pays en 5 ans que les Balkany Levallois en 30 ans. Ce sera à mon successeur de se démerder. Chacun ses problèmes.

Vive la République, vive la France et vive les cons qui votent, s'ils votent pour moi. »

Quel est l'impact de la pandémie sur l'économie ?

Cette pandémie de cons a-t-elle des conséquences sur l'économie française et mondiale ?

Le sujet est plus complexe qu'il n'y paraît. Pour la Covid, Ébola ou la peste, c'est une évidence. Elles font des ravages aussi bien physiques qu'économiques. Lors de ces pandémies, soit on est confiné soit on est mort. Dans les deux cas, c'est compliqué d'être productif et de faire marcher le commerce.

Quid de la pandémie de connerie ? Le con est-il moins productif qu'un autre ? Comment mesurer l'impact financier de la connerie ? Par le classement Pisa des universités ?

Ce dernier n'est qu'une mesure mais il ne peut pas être considéré comme sérieux. Rappelons que l'on peut être un universitaire cultivé très con.

Quel est l'impact sur l'écologie et les ressources naturelles ?

Il n'y a pas d'impact négatif car ce sont les cons capitalistes et cyniques qui pillent ces ressources *(voir focus ci-dessous)* afin que l'économie prospère.

Témoignage

« Parfois je croise un con et je me dis qu'un petit préservatif de rien du tout aurait pu éviter sa présence sur terre. »

La croissance du PIB s'accompagne toujours de la hausse d'émissions de gaz à effet de serre (GES) et, plus généralement, d'une pression sur les ressources et d'une augmentation des niveaux de pollution.

Nous pouvons donc conclure que, sauf cas extrême, la connerie n'a que peu d'impact sur l'économie et la croissance à court terme car l'économie mondiale elle-même repose sur des principes artificiels à la con.

Con-seils, trucs & astuces

Comment repérer un con lors d'une conversation ? Le con passe ses journées à râler sur le fait qu'il paye trop d'impôts mais il est le premier à faire un scandale quand il doit attendre deux heures aux urgences avant de se faire soigner gratuitement.

L'île de Nauru

Partons en voyage, si vous le voulez bien, sur l'île de Nauru. Cette île perdue au milieu du Pacifique possédait autrefois l'un des plus hauts niveaux de vie au monde. Les écologistes et les sociologues surnomment cette île « le pays qui s'est mangé lui-même ».

C'est sur un plateau de cette toute petite île que furent découverts de massifs gisements de phosphate. Leur exploitation débuta en 1906, au bénéfice des colons allemands. En 1914, c'est au tour de l'Australie de prendre le contrôle de l'île jusqu'en 1968.

La même année, Nauru obtient enfin son indépendance, devenant ainsi la plus petite République au monde. Poursuivant l'exportation de son phosphate, le pays s'enrichit très rapidement. Trop rapidement ? En 1974, les îliens jouissaient du second PIB par habitant au monde, trois fois plus élevé que celui des États-Unis. Cette année-là, le pays généra 225 millions de dollars australiens. Le petit pays se dota alors d'une compagnie aérienne, multiplia les avantages sociaux pour ses habitants, investit massivement à l'étranger… Mais lorsque les gisements de phosphate se tarirent au début des années 1990, l'économie du pays commença à s'écrouler.

L'île, ravagée par l'exploitation minière, devint invivable et ne put se rabattre sur d'autres ressources, telles que le tourisme ou l'agriculture, puisque 80 % de la terre avait été contaminée. En outre, 40 % de la faune marine avait été tuée, donc impossible d'y pêcher pour se nourrir. Il fallut, dorénavant, importer la nourriture. Les gouvernements corrompus et complètement cons se succédèrent et la République de Nauru adopta différentes techniques pour remplir ses caisses : blanchiment d'argent sale, vente de passeports, accueil rémunéré de réfugiés clandestins. La crise économique du pays se doubla d'une crise sanitaire, due au passage trop rapide à une société de consommation : le pays eut le plus important taux d'obésité au monde avec 61 % des adultes atteints, le deuxième taux le plus élevé de tabagisme avec 47 % de fumeurs, et le plus haut taux de diabète de type 2.

Aujourd'hui, la République de Nauru est une île aux paysages arides et industriels, à la faune et la flore dépeuplées et sur laquelle survivent encore environ 11 000 habitants menacés par la montée des eaux. Voilà comment la connerie et l'appât du gain peuvent, en quelques décennies, ruiner un pays.

QUELQUES TYPES DE CONS

Le profil des con-taminés

Peut-on être con et asymptomatique ?

À la différence d'autres pandémies mondiales, avec le virus de la connerie, il n'existe, à l'heure où nous écrivons ces lignes, aucune étude scientifique démontrant l'existence de porteurs sains.

Un homme ou une femme, ne présentant aucun symptôme de la connerie, n'agissant pas comme un con ou une conne, et ne débitant pas, à longueur de journée, des bêtises et autres beauferies, n'est donc pas un con. Au pire, il ou elle peut être un peu bêta mais certainement pas un con.

Voilà, fin du chapitre, passons à autre chose.

Témoignage

« Mes illusions en un monde meilleur sont comme ma virginité : définitivement perdues. »

Tous égaux face à la connerie ?

Les enfants et les ados sont-ils réellement des porteurs sains ?

La question que nous aborderons dans ce brillant chapitre n'est pas « trouve-t-on des cons chez les enfants », mais plutôt « les enfants sont-ils tous contaminés par la connerie, et ce depuis leur naissance ? »

Tous les scientifiques, mais surtout les parents et les instituteurs, vous répondront : « Oui, tous les enfants sont des cons, sans exception mais à des degrés divers. »

Quels sont les différents degrés de la connerie chez l'enfant ? Dans le monde du journalisme, il existe une « loi du mort/kilomètre », qui veut que plus un événement est distant de nous, moins il éveillera l'attention. En clair, plus les victimes semblent éloignées, moins elles susciteront d'empathie. Le petit voisin qui se foule la cheville nous fait plus de peine qu'un autobus qui explose à Kaboul sur une place bondée. Pauvre petit Léo, il ne va pas pouvoir faire de trottinette pendant un mois !

Il existe, dans le domaine qui nous intéresse dans ce livre, une « loi du con/kilomètre ». Plus un enfant nous est éloigné et moins nous supportons sa connerie. Pour des parents, leurs enfants seront toujours moins cons que leurs neveux qui, eux, sont moins cons qu'un enfant inconnu faisant une crise alors que l'on essaie de faire une sieste dans le TGV. L'enfant est par nature égocentrique, capricieux, impatient, brutal, provocateur... bref, l'enfant est un con dans toute sa splendeur. Ne vous laissez surtout pas attendrir par son visage d'ange et ses petits pieds qu'on a envie de manger. L'enfant est une menace.

L'enfant naît-il con ou est-il contaminé à la naissance ?

Il arrive qu'aucun des deux parents ne soit contaminé par le virus mais que, très jeune, l'enfant développe ce virus. Mais alors, comment est-il contaminé ?

Par la belle-mère touchant, sans vergogne, le ventre de sa belle-fille et susurrant au fœtus des imbécillités ?

– Y m'entend le bébé ! C'est mamie ! Mamie Caroline. Gouzzi, gouzzi, gouzzi.

La contamination arrive-t-elle après l'accouchement ? Est-ce les parents, en parlant au bébé comme s'il était complètement débile et le roi du monde, qui provoquent l'apparition du virus ?

Attention !

Y a pas de question con

Si, selon l'adage, « on est toujours le con de quelqu'un d'autre », cela veut-il dire que nous sommes déjà tous contaminés ?

Comment soigner la connerie chez l'enfant ?

Les études sont formelles, c'est aux parents et à l'école de leur inculquer les valeurs de tolérance, de partage et le goût pour la connaissance. Mais puisque les parents n'ont pas le temps et qu'ils ne veulent pas rater l'émission de Nagui en rentrant à la maison le soir, c'est aux enseignants de se charger de ce fardeau.

Non mais, avec tous les impôts qu'on paye ! Ils peuvent bien s'occuper de nos gosses.

Ces pauvres instituteurs et professeurs, auxquels on délègue ce qu'il y a de plus essentiel au monde, l'éducation de nos enfants, non seulement doivent les supporter huit heures par jour, dans des classes aussi surpeuplées que des prisons sous un gouvernement de droite, mais ils doivent, en plus, supporter la connerie abyssale des parents d'élèves. Profitons de ce livre pour leur rendre hommage.

À MÉDITER

Être confiné avec un gamin de 3 ans, c'est comme avoir un perroquet complètement con collé sur les épaules 24 heures sur 24.

Interview exclusive

Pour en savoir plus sur la connerie chez les enfants, nous avons une nouvelle fois interrogé le professeur Martin, neurochirurgien et chercheur au lycée professionnel de Cherbourg.

Professeur, les enfants naissent-ils cons ou le deviennent-ils en grandissant ?

Toutes ces pistes restent à explorer. Mais puisque le trop frileux Comité d'éthique du ministère de la Santé nous empêche, nous les professionnels, de disséquer le cerveau d'un nourrisson vivant, même très con, nous n'avons pas d'autre choix que de laisser cette question en suspens. Ou bien il faudrait nous exiler en Chine où les scientifiques peuvent pratiquer librement leurs expérimentations !

Merci, professeur.

L'adolescence ou l'âge bête

L'adolescent ou l'adolescente, concernant la connerie, est un peu l'équivalent d'un restaurant d'autoroute pour la gastroentérite ou d'un club échangiste pour les MST. C'est une évidence ! Les ados sont des cons, ils sont insupportables, égoïstes, instables, stressants, ils nous pompent le peu d'énergie qu'il nous reste. Mais attention, loin de nous l'idée de jeter l'opprobre sur nos petites têtes ~~blondes~~ acnéiques. L'adolescent est certes contaminé mais ce n'est pas entièrement sa faute. Il ou elle est remplie d'hormones prêtes à exploser. Ce sont des adultes qui ne sont pas finis, des brouillons d'humains, en quelque sorte.

L'adolescence apparaît, de prime abord, comme une notion évidente. Pour tout le monde, c'est une période de transition de l'état d'enfant à celui d'adulte. Pourtant, l'adolescence ne va pas de soi car elle n'existe pas dans l'absolu : dans bien des civilisations, on considère que l'on passe directement de l'enfance à l'âge adulte, ce qui était d'ailleurs le cas en France jusqu'au xixe siècle. Pour la psychologie, elle est une phase du développement humain, faite de conduites spécifiques et de particularités physiologiques. Selon un éducateur en Seine-Saint-Denis, Étienne Liebig,

« Le monde des adultes se divise en trois catégories : ceux qui en bavent avec leurs ados, ceux qui en ont bavé, et ceux qui vont en baver ».

Alors que faire ? Prendre son mal en patience et quelques antidépresseurs ? Prendre une décennie sabbatique, de leurs 11 à 21 ans et les confier, en attendant, à l'Assistance sociale ?

Inutile d'aller aussi loin, il faut savoir prendre un peu de recul. Les ados ne sont pas toujours insupportables. Il arrive même qu'ils soient de bonne compagnie, ne serait-ce qu'entre 3 et 10 heures du matin, lorsqu'ils se sont endormis, la bave aux lèvres et le portable encore à la main.

Con-seils, trucs & astuces

Comment repérer un con en parlant de cinéma ?

Vous le remarquerez rapidement, le con ne connaît que les titres anglais des films et non ceux francisés. De toute façon, le con ne regarde que de la VO, sans sous-titre.

Enquête exclusive

Pour ce livre, nous avons pris tous les risques, tel un Claude Lévi-Strauss en Nouvelle-Guinée ou une Alexandra David - Néel dans les rues de Lhassa, et avons été jusqu'à rencontrer des ados à l'état sauvage pour en savoir plus sur eux.

Samedi 3 septembre 15h30, Les Halles, Paris

Samedi 3 septembre, il est 15 h 30, j'arrive dans le quartier des Halles à Paris. Je m'installe entre deux boutiques de chaussures, que le jeune appelle sneakers et qui sont en vente à des prix indécents. Après m'être assuré que mon téléphone portable et mon portefeuille étaient en sécurité, je m'approche à pas lents d'un groupe d'adolescents fumant des cigarettes roulées à l'odeur étrange sur un banc public.

**« Bonjour, les jeunes !
Ça roule ? Vous avez la pêche ?
Vous avez été en discothèque faire
des boums avec vos potos ? »**

...

C'est un échec, le groupe de jeunes ados a refusé tout contact avec moi en se réfugiant, tels des Cro-Magnon dans leur grotte, au Starbucks du coin après m'avoir envoyé au visage « mais quel bolosse ce daron ». « Bolosse », que peut bien vouloir dire ce mot ? C'est probablement la traduction, dans leur langage primitif, du mot « beau gosse ». Braves jeunes gens.

Cette enquête est loin d'être terminée.

Affaire à suivre...

QUESTION DE LECTEUR

« En 2020, pendant la pandémie de Covid-19, nous applaudissions le personnel de santé, tous les soirs à 20 heures. Qui devrions-nous remercier concernant cette pandémie ? »

Vincent, 56 ans, Gaillac.

Cher Vincent, c'est une excellente question. Je propose que tous les soirs, nous applaudissions les instituteurs et institutrices de ce pays, qui luttent chaque jour (sauf le week-end, les deux mois d'été, les 15 jours de la Toussaint, de Noël, de février et bien sûr d'avril, sans oublier les jours fériés) pour rendre nos enfants un peu moins cons et tenter de sauver la prochaine génération, celle qui votera en 2035.

Si vous êtes d'accord, sortons à nos fenêtres tous les soirs à 16 h 30 (à 20 heures, ils ou elles ne sont plus disponibles) pour les applaudir chaleureusement.

Les seniors : victimes ou souches de contagion ?

Tout comme nos petites têtes blondes, nos petites têtes blanches sont potentiellement plus porteuses du virus de la connerie que les autres tranches d'âge de la population. Ne dit-on pas « un jeune con » et un « vieux con » ? Alors que l'expression « un·e con·ne entre deux âges » est bien moins usitée.

Partons, pour cette étude, du principe que nous sommes vieux à partir de 70 ans (cette limite sera, bien entendu, repoussée au fur et à mesure que nous nous rapprocherons de cet âge-couperet).

Pourquoi, avec l'âge, devenons-nous un terrain plus sensible à la contamination ?

Le cerveau humain adulte compte 100 000 milliards de neurones. Or, ces éléments de base du système nerveux sont des cellules, dont la durée de vie est limitée à quelques mois. C'est pourquoi l'organisme en perd, chaque jour, environ 10 000. Ce qui explique pourquoi, à partir de 65 ans, on peut passer une après-midi entière à regarder une émission de télévision dans laquelle Sophie Davant expertise des objets plus moches les uns que les autres avant de les refourguer à des antiquaires prêts à tout pour passer à la télévision.

Parfois, ce n'est pas beau de vieillir. Le vieux con en est l'exemple parfait. Mais qu'est-ce qu'un vieux con ? C'est cette personne âgée – homme, femme ou ce que vous voulez – qui nous amène à elle seule à détester l'ensemble des membres de sa génération. Et on en connaît tous ! Bisous Tata.

Le vieux con, c'est celui qui arbore constamment un air revêche et dédaigneux et qui abuse systématiquement des avantages liés à son grand âge.

Mais pourquoi est-il si méchant ? Le vieux con vous déteste parce que vous êtes jeune, que vous avez, contrairement à lui, la vie devant vous. Il vous méprise parce que vous êtes beau, sympathique et que votre prostate fonctionne encore parfaitement. Il vous marche sur les pieds pour monter en premier dans le bus, vous bouscule dans la rue et vous passe devant aux caisses de supermarché en faisant semblant de ne pas vous voir. Ajoutez à cela que, plus on vieillit, plus on est nostalgique du passé. C'est le fameux « c'était mieux avant » alors que non, ce n'était pas mieux avant, sauf peut-être avant la pandémie de Covid.

L'expérience est-elle un rempart à la connerie ?

Si, en vieillissant, on ne devient pas un peu plus sage et un peu moins con, ce n'est vraiment pas la peine de vieillir. C'est déjà assez contraignant de prendre de l'âge, il faut au moins que l'expérience constitue un petit avantage.

Témoignage

« J'ai tellement peur de contaminer ma grand-mère à la Covid et à la connerie que je ne lui ai jamais, en 10 ans, rendu visite à l'Ehpad.»

La vieillesse et la retraite permettent d'avoir du temps pour soi, d'être plus zen et moins stressé. On a le temps de méditer et de se consacrer aux choses importantes de la vie, de passer du temps de qualité avec ses petits-enfants. Non, nous plaisantons ! On n'est pas plus sage à 80 ans qu'à 20, on est juste beaucoup plus usé et sans filtre. À un âge avancé, on peut dire les pires horreurs sans que cela prête à conséquence.

CONSEIL DE SAGE

« La tolérance, c'est quand on connaît des cons et qu'on ne dit pas les noms. »

Pierre Doris

Une journée avec... Reportage en immersion.

Reportage en immersion.

Une journée avec...

Pour mieux connaître les problématiques des vieux, nous avons suivi la journée de ce que l'on appelle communément un senior, celle du brave René, 78 ans, de Poissy, de son lever à son coucher.

6 h 00 René se lève car même s'il n'a rien à faire de sa journée, selon lui « ce n'est pas une raison pour traîner au lit comme un vulgaire intermittent du spectacle aux cheveux longs payés avec nos impôts ».

6 h 20 René ronchonne toujours à propos des intermittents du spectacle aux cheveux longs. Dixit le senior : « Ce qu'il leur faudrait, c'est une bonne guerre pour leur apprendre la vie. »

6 h 30 C'est l'heure pour lui d'allumer la radio. Espérons que ses voisins apprécient, eux aussi, RTL car, étant sourd, René l'écoute à fond.

10 h 30 Après avoir fait une courte toilette et s'être parfumé à l'eau de Cologne, il file au Balto, son QG, où il prépare avec Momo (Maurice, pas Mohamed, précise-t-il) sa grille de tiercé avec professionnalisme.

12 h 00 De sa fenêtre, René nourrit les pigeons en lançant des bouts de pain sur la terrasse du restaurant qui est en bas de son immeuble. René n'aime pas particulièrement les pigeons mais il aime emmerder les serveurs et les clients de l'établissement.

12 h 30 René a encore perdu au tiercé à cause, selon lui, « des francs-maçons juifs, sodomites, propriétaires de pur-sangs arabes » qui font tout pour que rien de bon n'arrive aux vrais Français comme lui !

16 h 15 Pour rien au monde René ne raterait l'émission « Des chiffres et des lettres » sur France 3, qu'il appelle toujours FR3. Ponctuant l'émission par quelques « tiens, un prof, encore un coco. Je t'enverrai ça au goulag, moi ! »

Fort pertinent…

CONSEIL DE SAGE

« Un hasard a donné à l'homme l'intelligence. Il en fait usage : il a inventé la bêtise. »

Henri de Régnier

Promenades philosophiques

16 h 45 Pour rien au monde René ne raterait l'émission de Sophie Davant, « Affaire conclue ». Ponctuant l'émission par quelques « faut vraiment être con pour acheter des merdes pareilles ».

Fort pertinent…

18 h 00 René a attendu que les actifs soient sortis du travail pour, lui aussi, aller faire ses courses au supermarché du coin. Après avoir choisi, avec attention, une carotte et une banane au rayon primeurs de l'établissement, il se dirige vers la queue devant une caisse et passe devant tout le monde en montrant fièrement sa carte d'invalidité soudoyée à un employé de mairie laxiste. Une fois à la caisse, la caissière indique à notre senior préféré qu'il a, ce soir, une fois de plus, oublié de peser sa carotte et sa banane. Gentiment, elle se propose d'aller le faire à sa place, laissant sa caisse et des clients en pleine panique car déjà en retard pour récupérer leurs enfants à la crèche.

22 h 00 René nous fout à la porte en nous menaçant d'utiliser sa carabine, aux côtés de laquelle il dort depuis qu'il est revenu de la guerre d'Algérie, et en nous hurlant un « foutez-moi le camp, les PD d'intermittents du spectacle ».

Fort pertinent…

QUESTION DE LECTEUR

« Bonjour, mon mari fait une crise de la quarantaine, est-ce un variant du virus de la connerie ? »

Martine, 45 ans, Caen.

Chère Martine, rassurez-vous, une crise de la quarantaine n'a rien à voir avec la connerie. Elle n'est pas virale mais hormonale. Au pire, votre époux dépensera tout l'argent du foyer pour s'acheter une voiture de sport et vous quittera pour vivre une passion torride avec Léna, une jolie blonde de 19 ans au corps parfait. Martine, vous voilà rassurée ?

À MÉDITER

La pire bêtise est de se croire intelligent et immunisé contre le virus

Inégalité homme-femme face à la maladie

S'il y a bien un domaine dans lequel l'égalité entre les hommes et les femmes est encore loin d'être acquise, c'est bien dans la connerie (mais aussi au niveau des salaires, de la carrière, de la charge mentale, de l'égalité des chances, bla bla bla… On a compris, mesdames, mais là, y a match).

C'est une évidence, le virus de la connerie touche moins fréquemment les femmes que les hommes.

Comme le chantait Renaud dans sa chanson « Miss Maggie » :

« … aucune femme sur la planète
N's'ra jamais plus con que son frère
Ni plus fière ni plus malhonnête
À part peut-être, Madame Thatcher

Femme je t'aime parce que
Lorsque le sport devient la guerre
Y'a pas de gonzesses, ou si peu
Dans les hordes des supporters… »

Loin de nous l'idée de penser que les femmes ne peuvent pas, de temps en temps, se comporter comme des vraies connasses. Nous ne sommes pas dupes, nous sommes mariés.

Mais posons la question, est-ce une question de sexe ou de pouvoir ?

Plus il y aura de femmes à la tête des États, de cheffes dans les entreprises, de supportrices dans les stades et de militaires femmes, plus la proportion de connes augmentera-t-elle ?

Même si les inégalités de réussite, de niveau d'études et d'orientation entre les sexes se sont réduites au cours des dernières décennies, de forts écarts persistent. Mais certaines statistiques nous rendent optimistes concernant le virus.

D'abord, les garçons réussissent moins bien que les filles. Le rapport du service statistique du ministère de l'Éducation nationale est formel : globalement, les filles obtiennent de meilleurs résultats. 87 % d'entre elles réussissent le brevet, contre 82 % des garçons. Elles sont 89 % à décrocher le baccalauréat, contre 85 % des garçons, et même 23 % à obtenir une mention « bien » ou « très bien », contre seulement 19 % pour les hommes en devenir, probablement parce qu'ils passent plus de temps sur YouPorn que sur leurs cours.

Même si, nous l'avons vu précédemment, l'intelligence n'immunise pas totalement contre le virus de la connerie, la bêtise, elle, est un facteur de risque de contamination très fort.

CONSEIL DE SAGE

« Les cons aiment être flattés, les intelligents aiment être critiqués. »

Frédéric Beigbeder

Interview exclusive

Existe-t-il, dans leurs anatomies, une différence notable entre les hommes et les femmes qui immunise ces dernières contre le virus de la connerie ? Nous avons, à nouveau, interrogé à ce propos le professeur Martin, neurochirurgien et chercheur au lycée professionnel de Cherbourg.

La femme est-elle, biologiquement, moins conne qu'un homme ? Mais que faites-vous, professeur ? Mon dieu ! Quelle horreur ! Il y a du sang partout !

Bah, ça se voit, non ?
Je suis en train de disséquer un con !
Le Comité d'éthique, je l'emmerde !
L'OMS, je l'emmerde !
Le ministre de la Santé, je l'emmerde !
Je dissèque un con si je veux.
Tenez, ça c'est l'œsophage, mettez-le dans le Tupperware.

Vous êtes tout pâle.
Ne vous évanouissez pas au milieu de mon expérience scientifique.

L'été, la connerie est-elle moins virulente ?

Ah, l'été, la saison préférée des Français. Tout du moins avant que le réchauffement climatique, courant 2035, ne nous empêche de sortir de chez nous, entre le mois de juin et celui de septembre, sauf à griller dans d'affreuses souffrances sous des températures dépassant 59 °C à l'ombre, même à Brest.

L'été est une période propice aux voyages, aux rencontres, aux flirts, donc une période particulièrement à risques en cas de pandémie de connerie. L'été, c'est la saison des transhumances, quand les cons du Nord vont gâcher la vue et prendre les places de parkings des cons du Sud. C'est la période de l'année où les cons et les connes de toute la planète mettent des photos de leurs pieds au bord de la piscine sur Facebook ou Instagram, les deux mois où le con aime à exhiber, sur la plage, ses tatouages et la conne son bracelet de cheville.

Con-seils, trucs & astuces

Quand on vous pose une question par SMS, ne nous appelez pas pour y répondre. Si nous voulions avoir une conversation avec vous, nous ne vous aurions pas envoyé de SMS !

QUESTION DE LECTEUR

« Quel est la différence entre un con et un connard ? »

Léo, 13 ans, Montreuil.

Léo, qu'est-ce que c'est que ce vocabulaire ? C'est au collège que tu as appris ces vilains mots ? Puisque c'est comme ça, tu es privé de console pendant 15 jours. Va dans ta chambre.

Bon, pour répondre à ta question Léo, qui somme toute est une bonne question, le connard est un homme atteint par le virus de la connerie mais par la souche la plus dangereuse, car le connard est con ET méchant.

Comment repérer un con à la plage

Le soleil, le sable fin, l'eau à 22 °C… (note pour les habitués de Deauville et des plages normandes : du sable fin et de l'eau chaude en bord de mer, ça existe).

La plage est le dernier des loisirs gratuits. À part, bien sûr, pour les cons qui préfèrent dépenser 70 euros pour s'allonger sur une plage privée de la Côte d'Azur. Mais, attention, ce lieu de plaisir n'est pas sans danger, il est lui aussi fréquenté par de nombreux contaminés.

L'avantage du con et de la conne à la plage, c'est qu'ils sont facilement indentifiables.

◆ Il a une mini-enceinte et fait profiter toute la plage de sa playlist du meilleur goût. Vous étiez venu pour entendre le ressac de l'océan et non du Soprano ? Tant pis pour vous.

◆ Il porte un maillot de bain ultra-moulant, parce que le con se trouve particulièrement beau gosse et est fier de son paquet.

◆ Le con a souvent des tatouages maoris même si le con ne sait pas s'il est écrit « guerrier plein de courage » ou bien « petite fiotte colonialiste » sur son avant-bras. Le con non plus ne sait pas lire le maori.

◆ Le con a des enfants très mal élevés.

Monsieur, vous pourriez demander à votre progéniture de ne pas me lancer du sable ?

Non, désolé, je ne veux pas brider sa créativité.

◆ Le con pisse dans l'eau. « Oh, ça va, c'est pas sale ! Tous les poissons et Olivier de Kersauson le font. »

◆ Le con a une dent de requin accrochée à son cou mais il flippera quand un petit poisson lui frôlera la jambe.

◆ Le con dépense 1000 euros pour pouvoir arroser des bimbos aux seins en plastique
avec du champagne millésimé
sur une plage privée de Saint-Tropez.

◆ Le con vend des beignets à peine décongelés à 8 euros pièce.

◆ Le connard ne prendra pas la peine de mettre à la poubelle ses cannettes et ses mégots en quittant la plage.

◆ Le connard, sur la plage, a souvent une guitare pour faire craquer les filles en leur jouant « Jeux interdits » autour d'un feu de bois.
Non, je ne suis pas jaloux, qu'allez-vous chercher ?

À MÉDITER

Méfiez-vous car tous les connards ne font pas du surf mais 100 % des surfeurs sont des connards.

Comment repérer un con dans un club de vacances

Le con mettra son réveil à 5 heures du matin pour aller poser sa putain de serviette, et celles de sa famille de dégénérés, sur la moitié des transats de la piscine. Et tout ça pour quoi ? Je vous le demande ! Pour se pointer vers 17 heures, après son excursion, vers les transats. Pendant ce temps-là, les non-connards, grillent au soleil sans parasol, sans transat, et se cassent le dos. Alors, bien que nous soyons viscéralement contre la peine de mort, dans ce cas et seulement dans ce cas, les autres estivants devraient avoir le droit de le noyer, de lui faire avaler tout le chlore de la piscine et de l'empaler sur un parasol, pour montrer l'exemple[1].

Ne l'oubliez pas

Le seul point commun entre une plage du Sud et Paris Plage, ce sont les connards de Parisiens qui les fréquentent.

[1] Nous avons écrit ce chapitre dans un club de vacances, au soleil, assis par terre, sur notre petite serviette.

Foire aux questions

Les UV peuvent-ils tuer le virus ?

La réponse est oui, mais bien trop lentement. Un con ou une conne s'étant bien trop exposé au soleil, ou ayant assidument fréquenté les cabines UV, peut effectivement mourir d'un cancer de la peau, mais seulement 15 à 30 ans plus tard.

Les moustiques peuvent-ils transmettre le virus ?

Le moustique est un con, c'est une évidence et un fait scientifique. Tout comme les cons, le moustique n'a aucune utilité, contrairement aux abeilles. Il nous empêche de dormir la nuit. Il est bruyant. Et il nous pompe, non pas l'air, mais le sang. Sans parler des piqûres qui nous font ressembler à un ado acnéique alors que nous avons 40 ans passés. Mais, pour autant, le moustique peut-il nous contaminer à la connerie ? Rassurez-vous, la réponse est non. Vous pouvez dormir tranquille… enfin, si vous arrivez à tuer ce con de moustique qui vole dans la chambre depuis trois heures !

Attention danger ! Les tubes de l'été

Vous êtes tranquillement installé en terrasse, un soir d'été, la radio est allumée, vous vous sentez en parfaite sécurité dans votre villa estivale louée à prix d'or sur Airbnb et, pourtant, le danger rôde. Vous l'entendez, sans vraiment l'écouter, sortir de votre transistor ou de votre enceinte connectée, le dernier tube de l'été. Il pénètre vos oreilles et s'insinue insidieusement dans votre cortex cérébral et viendra pourrir votre mémoire à tout jamais, tel un virus informatique russe, le dernier tube de l'été !

Tout commença au printemps 1994, quand TF1 s'associa à une célèbre marque de jus d'orange pour lobotomiser la France entière avec « La Lambada ».

Derrière la mélodie brésilienne simpliste, la voix de la chanteuse et les mini-strings des danseuses se cachaient des paroles d'une confondante bêtise.

Nous les avons traduites pour vous :

« Il s'en fut en pleurant celui
qui un jour seulement me fit pleurer
Il s'en fut en pleurant celui qui un jour
seulement me fit pleurer
Il pleurera au souvenir d'un amour
Qu'un jour il ne sut pas retenir. »

Et que dire de la « Macarena » ?

« Donne un peu de gaité à ton corps,
Macarena Que ton corps est fait pour la joie
et les bonnes choses
Donne un peu de gaité à ton corps, Macarena
Hey, Macarena. »

Consternant !

Imaginez la place que vous pourriez économiser dans votre cerveau pour y stocker des dates d'anniversaires, des vers de Lamartine ou des équations mathématiques. Mais non, cet espace est squatté depuis des années par la chorégraphie de Las Ketchup que vous avez apprise au camping de Royan en 2000.

La famille, ce foyer pathogène aussi dangereux qu'une centrale atomique un jour de tsunami

La vie familiale serait-elle un des principaux carburants de l'épidémie de connerie ? Longtemps dans les foyers, avant l'apparition de la télévision et d'Internet, les enfants à table étaient obligés d'écouter, lors des dîners, les élucubrations de leurs aïeux. C'étaient eux qui soit les ouvraient sur le monde, leur conseillaient des lectures, leur racontaient des anecdotes éclairantes, ou les contaminaient irrémédiablement à leur bêtise, perpétuant inexorablement, de génération en génération, leur connerie. De nos jours, les choses ont changé. Les dîners se déroulent sans un mot ou presque. Les parents regardant Nagui et ses chanteurs de karaoké professionnels et les enfants leur portable. Mais il y a toujours un risque d'être contaminé à la connerie par un oncle raciste, lors d'un repas de famille, ou par une cousine toxique.

CONSEIL DE SAGE

« La caractéristique vestimentaire du con consiste en un besoin irrépressible de s'habiller comme tout le monde. »

Pierre Desproges

QUESTION DE LECTEUR

« Les sourds sont-ils épargnés par le virus ? »

Victoire, 38 ans, Versailles.

Le virus se propageant essentiellement par la voix, les malentendants sont, de facto, bien moins touchés par le virus que les entendants. Mais attention, la lecture du livre d'un con en braille ou les sous-titres d'une émission de télé-réalité peuvent aussi être fortement contaminants.

Interview exclusive

Alors que faire concernant les contaminations au sein du foyer ? Nous avons demandé conseil à un expert en affaires familiales, Xavier Dupont de Ligonnès.

Merci d'avoir accepté notre invitation car vous vous faites rare dans les médias depuis quelques années. Avant d'entrer dans le vif du sujet, pouvez-vous nous révéler en exclusivité l'endroit où vous vous cachez depuis tant d'années ?

XDDL : Je me cache dans un endroit très peu fréquenté, le bureau des adhésions du Parti socialiste. En 10 ans, je n'y ai croisé qu'une seule personne et encore, c'était parce qu'elle s'était trompée d'étage.

Passons maintenant au cœur de ce qui nous anime dans ce livre. Comment, d'après vous, éviter de se faire contaminer par la connerie de sa famille proche ?

Ce n'est pas si compliqué que cela. Ça prend, tout au plus, deux jours pour régler ce problème. Commencez par creuser un trou d'environ 2 mètres de long pour 1,50 mètre de profondeur. Comptez un volume de ciment pour environ 1/3 de volume d'eau.

Quel est donc le rapport avec la famille dans votre réponse ?

J'y viens, ne vous impatientez pas. Alors, le soir venu [redacted] couteau [redacted] fusil de chasse [redacted] sang [redacted] serpillière [redacted] et le tour est joué !

Merci beaucoup, monsieur, pour ces précieux conseils. Embrassez votre famille de notre part.

(NdA : nous avons préféré censurer certains passages de cette interview pour ne pas heurter la sensibilité des plus jeunes et, surtout, pour ne pas éveiller de soupçons dans vos familles et garder sur elles l'effet de surprise.)

Quid des cousins ou autres membres de la famille éloignée ?

Si l'on appelle les tantes, cousins, cousins germains et autres nuisibles « famille éloignée », c'est pour une bonne raison. Elle doit absolument rester é-loi-gnée, elle n'a aucune vocation à être proche. On choisit ses amies mais pas sa famille.

Quand on y réfléchit bien, à quoi servent les oncles et tantes ? À rien du tout. Ils ne vous font même plus, passé 20 ans, de cadeaux pour votre anniversaire.

À quoi servent les cousins et cousines à part à jouer à touche-pipi au début de l'adolescence ? À rien du tout. Contentez-vous, à l'âge adulte, de les côtoyer uniquement lors des enterrements. Et évitez les touche-pipi parce que premièrement, monsieur, vous avez passé l'âge et que deuxièmement, on ne fait pas ce genre de chose dans un crématorium à l'inhumation de mamie !

Enfin, n'oubliez pas de ne jamais, au grand jamais, mettre les pieds dans une cousinade. C'est un piège à contamination ! La personne qui a eu l'idée de ces réunions, entre cousins ayant autant de choses à se dire qu'un Israélien et un Palestinien, devrait croupir dans les geôles d'un bagne guyanais.

À MÉDITER

Si la haine rendait intelligent, les cons seraient une espèce en voie d'extinction.

QUESTION DE LECTEUR

« Bonjour, je suis souvent essoufflé lorsque je reviens du Mc-Do ou du KFC. Est-ce un symptôme de la pandémie ? »

Rémy, 20 ans, Montpellier.

Rassurez-vous, Rémy,
vous ingérez juste trop de gras.
Ce qui ne fait pas nécessairement
de vous un gros con.

Témoignage

« J'aime le soir, lorsque le jour s'en va et emporte avec lui tous les cons que j'ai croisés dans la journée. »

Témoignage

« Dans certaines conversations, j'essaie de ne pas intervenir car j'ai du mal à trouver une version édulcorée de : Ta gueule espèce de gros con.»

Liste de connards célèbres

Le service juridique de notre éditrice frileuse nous a fortement déconseillé d'écrire ce chapitre. La liste est disponible sur simple demande écrite. Il vous suffit pour cela de nous envoyer une enveloppe timbrée à vos nom et adresse ainsi qu'un chèque de 250 euros pour les frais logistiques.

Les zombies sont-ils des cons en phase terminale ?

Dans la culture haïtienne, d'où vient le terme de « zombie », ces créatures sont des morts réanimés sous le contrôle d'un sorcier, qui en fait des esclaves décérébrés. Dans la culture populaire occidentale, qui s'est emparée du personnage après l'occupation d'Haïti par les États-Unis, ce sont plus souvent des êtres vivants qui deviennent des zombies après avoir été contaminés par un virus, un virus rendant complètement idiot et décérébré. Cela semble bien être le stade ultime de la connerie et pourtant ce n'est pas le cas. Non, les zombies ne sont pas des cons. Nous n'écrivons pas cela par crainte d'une plainte de l'Association des zombies de France (association très puissante et trop souvent oubliée par les hommes politiques) mais bien parce qu'un zombie est une victime. Car oui, les zombies existent.

On en recense environ 10 000, à l'heure actuelle, à Haïti, bien que cette pratique soit sévèrement punie par la loi. Un zombie est une victime de sorciers haïtiens, les « bokors », qui, pour les faire devenir zombies, les droguent avec de la tétrodotoxine, un puissant neurotoxique, avant de les enterrer vivants et de les déterrer

CONSEIL DE SAGE

« L'ennui dans ce monde, c'est que les idiots sont sûrs d'eux et les gens sensés pleins de doutes. »

Bertrand Russell

à moitié fous pour les faire devenir esclaves afin de les faire travailler dans les champs. Le zombie est donc, non pas con, mais fou à lier.

Grâce au financement généreux de notre éditrice chéri, nous sommes partis, ma femme et moi, trois semaines ~~en vacances~~ en reportage en République dominicaine, État qui partage son territoire avec Haïti mais qui a préféré investir dans le tourisme de masse plutôt que dans les tremblements de terre et l'insécurité. Après avoir travaillé longuement nos dossiers au bord de la piscine à débordement, nous avons traversé la frontière pour nous rendre dans la campagne haïtienne. C'est là que nous avons rencontré un vrai zombie pour l'interviewer.

Une journée avec...
Reportage en immersion. →

C'est tout con
Quand je pense que certains
ont eu la chance de vivre à une époque
où il n'y avait qu'un idiot par village !

Interview exclusive

L'homme est de grande taille, presque 1,90 mètre, la bave aux lèvres, le regard aussi vide que celui d'un footballeur de Ligue 2 et sent particulièrement mauvais, comme un footballeur de Ligue 2.

Depuis combien de temps êtes-vous un zombie ?

**Bouarggggg uuuuuuu.
Euuuuuuuuuuuu
booooooooooooooooooo !**

**Intéressant.
Quels sont vos symptômes ?**

**Muuuuuuuuuu reeeeeeeee
baaaaauuuuuuuuuaaaaaaa
uuuuuuuu poooooooo.**

**Je vois.
Comment avez-vous été contaminé ?**

Interview exclusive

Aaaaaaaaaargggggggg zemmour baaaaaaaaaaaaaaapuuuuuuuuuuuu NRJ12 bahhhhhhhhhhhhhh cacaaaaaaaaaaaaaaaaaaaa bardelaaaaaaaaaaaauuuuuutrreeeeee.

Avez-vous un message à donner à nos lecteurs français ?

Votez Marine !

Merci, monsieur le zombie, pour cette interview particulièrement éclairante. Notre éditrice ne doit pas regretter son investissement.

Portrait d'un ~~super~~ hyper-contaminateur : Donald Trump

Pour paraphraser Pierre Desproges à propos de Jacques Séguéla dans « Le Tribunal des flagrants délires », nous dirions, à propos du 45e Président des États-Unis : « de deux choses l'une : ou bien Trump est un con, et ça m'étonnerait tout de même un peu, ou bien Trump n'est pas un con, et ça m'étonnerait quand même beaucoup. »

Si le dictionnaire *Le Robert* devait illustrer, en une photo, le mot con, nous lui conseillerions de choisir une photo de Donald Trump, moumoute au vent, autobronzant orange sur son visage d'andouille, haranguant une foule de gogos acquis à sa cause.

Trump est le connard dans toute sa splendeur. Avec lui, la production de foutaises et de mensonges est devenue endémique, et la connerie une force politique majoritaire. L'ancien président est un véritable cas d'école pour ceux qui étudient ce virus de la bêtise, cet homme coche absolument toutes les cases de la connerie comme le prouvent quelques-unes de ses déclarations :

◆ **Le déni de sa bêtise**

« Désolé, les loosers et les haters, j'ai un des plus grands QI qui soient et vous le savez ! S'il vous plaît, ne vous sentez pas stupides ou vulnérables, ce n'est pas votre faute. »

◆ **La mégalomanie**

« Je suis fier de ma fortune, j'ai fait un boulot épatant… Le total est de 8 milliards de dollars. Je ne dis pas ça pour me vanter, parce que vous savez quoi, je n'ai pas besoin de me vanter. »

◆ **La misogynie**

« Toutes les femmes de " The Apprentice " ont flirté avec moi, consciemment ou inconsciemment. »

◆ **Croire à ses propres mensonges et les propager**

« Une source d'information très crédible a appelé mon bureau pour me dire que le certificat de naissance d'Obama est un faux. »

◆ **L'absence totale d'empathie**

« Les États-Unis ne peuvent pas permettre aux gens atteints de l'Ébola de revenir. Les gens qui vont très loin pour aider sont géniaux mais ils doivent en subir les conséquences. » Ou encore : « Je connais bien le monde ouvrier ; j'en ai licencié des milliers. »

CONSEIL DE SAGE

« *Faut pas parler aux cons, ça les instruit.* »

Michel Audiard

Malgré cela, en 2020, après 4 ans de présidence outrancière et catastrophique, plus de 73 millions d'Américains se sont déplacés, dans leur gros 4 × 4, ont fait la queue durant parfois des heures sous la chaleur, pour glisser un bulletin avec le nom de l'ancienne star de téléréalité. Des femmes se sont déplacées en nombre pour voter pour celui qui aimait se vanter « d'attraper les femmes par la chatte ». C'est dire sa puissance et sa force de contamination, que ce soit dans les meetings, interviews, tweets et émissions de télévision !

Il existe encore de nos jours des variants du virus Trump au pouvoir, citons notamment Jair Bolsonaro à la tête du Brésil ou Rodrigo Duterte aux Philippines.

Trucs & astuces

Fermez les yeux.
Imaginez un monde peuplé de cons et de connes…

Abracadabra…

Maintenant, ouvrez les yeux.
Tadam ! Magie !

Con-seils, trucs & astuces

Comment reconnaître un connard en discutant 5 minutes avec lui ?

S'il y a bien un fait qui doit vous mettre la puce à l'oreille durant une conversation avec un ou une inconnue, c'est qu'il n'est en rien responsable de ses malheurs. Quand le connard échoue, ce n'est jamais sa faute. Son divorce ? Il est tombé sur une conne. Il s'est fait virer pour faute grave ? Un complot de son chef, jaloux de lui. Ses enfants refusent de lui parler ? Ce sont des ingrats. Non, vraiment, rien n'est sa faute. Comment cela pourrait-il être le cas puisque le con pense être parfait ?

QUESTION DE LECTEUR

« Bonjour monsieur, je vais avoir l'âge de voter aux prochaines élections et je me demande si, pour pouvoir se présenter à la présidentielle, les candidats ne devraient pas présenter un test négatif à la connerie. »

Victorine, 17 ans, Saint Cloud.

Bonjour Victorine, tout d'abord, je pense que l'âge de la majorité est bien trop bas et qu'à 18 ans, on est encore trop immature pour voter ; la preuve, les jeunes votent à gauche. Et pour répondre à votre question, c'est une bonne idée sur le papier mais impossible à réaliser car, pour vouloir diriger un pays comme la France, avoir des milliers de problèmes insolubles à régler, il faut être déjà à moitié con.

À MÉDITER

**« La vieillesse est un naufrage.
Surtout, ne leur lancez pas de bouée.
Ça fera des cons en moins. »**

Vos amis sont-ils des cons ?

Nous sommes conscients que cette question est un peu abrupte de prime abord mais laissez-nous la développer. Nous allons, dans ce chapitre, évoquer les amis, non pas les copains ni les vagues connaissances. Non, ceux que vous considérez presque comme des frères.

Ils connaissent tout de votre vie, vous connaissez tout de la leur, vous êtes bien sûr conscient de leurs petits défauts et manies, mais jamais, vous ne les soupçonneriez d'être un con ou une conne.

Mais tout bascule, lors d'un apéro, au mois de mai, lorsque Rodolphe a une idée de génie :

Et si on se louait un Airbnb cet été en Provence ?
Nos femmes et nos enfants s'entendent bien.
Ça pourrait être sympa, non ?

Et là, vous commettez l'erreur de votre vie en lui répondant :

Bonne idée.
Tu veux un autre verre de rosé ?

Bien sûr, vous oubliez vite votre promesse alcoolisée jusqu'à ce que Rodolphe trouve la maison idéale, un mas provençal avec piscine. Alors, vous vous laissez tenter : 500 euros la semaine, c'est vraiment une affaire ! Arrive le mois de juillet, c'est finalement l'heure des vacances. Après 12 heures de route sous la canicule, vous arrivez enfin dans votre villa de rêve.

Et là, à la remise des clés, vous réalisez que :

- **C'est 500 euros la nuit et pas la semaine.**
- **Non seulement c'est 500 euros la nuit, mais c'est 500 euros par couple !**
- **La maison provençale n'a absolument rien à voir avec la photo du site de locations. Elle est aussi trompeuse que la photo d'une jolie fille sur Tinder.**

Mais vous vous dites qu'après tout, c'est les vacances, il faut en profiter. Mais profiter de quoi ?

Des enfants de Rodolphe, mal élevés et capricieux ? De sa femme qui râle parce qu'elle fait la vaisselle, alors que, ça va, vous l'avez faite le premier soir ?

Mais ce qui vous déçoit le plus, c'est Rodolphe, votre ami, votre frangin, votre poto. Vous réalisez qu'il y a une grosse différence entre prendre un verre de temps en temps avec lui et être enfermé 15 jours en sa compagnie. À bien y réfléchir, il n'est pas si cool que ça, Rodolphe. Il dit beaucoup de bêtises, il est même franchement insupportable. Les journées durent des heures, les semaines, des mois. Vous n'en pouvez plus. Au bout d'une semaine, vous traitez Rodolphe de « gros con », sa femme de « connasse mal baisée » et ses enfants de « suppôts de Satan ».

Dans les cris et les larmes, vous et votre famille quittez la villa, perdant ainsi votre meilleur ami et 3500 euros de location.

CONSEIL DE SAGE

« Il y aurait plusieurs façons d'être con, mais le con choisit toujours la pire. »

Frédéric Dard

Zoom sur…

Le connard, le soir du réveillon

Ah… le réveillon du 31 décembre !

Des dizaines d'amis dans leurs plus beaux costumes et robes sexy, buvant plus que de raison toute la nuit pour célébrer le passage à la nouvelle année. Le rêve, non ? Pas du tout, c'est un cauchemar annuel et, surtout, un lieu de contamination redoutable à la connerie. Heureusement, grâce à nous, vous saurez y repérer un con au premier coup d'œil.

Trucs & Astuces

Comment reconnaître un connard à vélo ? S'il est parisien, c'est un connard. S'il s'arrête au feu rouge, c'est un touriste.

À MÉDITER

« Les amis de mes amis ne sont pas mes amis. Ce sont des cons. »

Comment repérer un con le 31 décembre ?

- Il vous dira : **« On se voit l'année prochaine. »**
- Quand tout le monde se souhaite une bonne année, le con regarde sa montre et dit : **« Non, moi j'ai 23 h 58. »**
- Le con ne vous adressera plus la parole à partir de 23 h 59, et ce, jusqu'à la fin de la soirée, trop occupé à envoyer des SMS.
- Le connard arrivera à vous déprimer encore plus : **« Tu as 44 ans, il te reste en moyenne 36 réveillons seulement avant de mourir. »**
- Il voudra trinquer en vous disant : **« Santé, mais pas des pieds ! »** tout en rigolant bêtement à sa mauvaise vanne.
- Il passera la soirée à vous parler de son ex, qui vient de le larguer, après deux mois de liaison.
- Il trouvera toujours une rime à la con : **« 2021, année des seins ! 2022, année de la queue. Elle est bonne celle-là ! »**
- Il vous demandera vos bonnes résolutions : **« Ne plus parler aux cons, ça te va ? »**
- Sans que personne lui ait rien demandé, il prendra les commandes de la playlist de la soirée pour diffuser du Patrick Sébastien.
- Il passera la soirée à vous taxer vos cigarettes : **« Tu comprends, demain j'arrête de fumer, c'est pour ça que je n'ai pas acheté de paquet. »**

PROTECTION RENFORÇÉE
CONTRE LES CONS

Se protéger contre la connerie

« Attraper » la connerie

La connerie est-elle un virus zoonose ?

Voici un chiffre qui vous fera réfléchir à deux fois avant de partir en expédition familiale dans la forêt vierge. Deux tiers des pathogènes humains sont aujourd'hui issus d'un transfert horizontal de l'animal, qu'il soit sauvage ou même domestique, vers l'homme.

Ces maladies infectieuses sont dites « zoonotiques », elles constituent un véritable fardeau pour l'humanité. Elles se concentrent principalement dans les zones tropicales, notamment en Afrique et dans le Sud-Est asiatique. Dans un monde de plus en plus interconnecté physiquement, les maladies infectieuses zoonotiques ont pris une nouvelle dimension et n'ont pas fini de nous faire de mauvaises surprises. « Des pandémies futures vont apparaître plus souvent, se propageront plus rapidement, causeront plus de dommages à l'économie mondiale et tueront plus de personnes que la Covid-19 si rien n'est fait. » Ce n'est pas la citation d'un dépressif mais le cri d'alarme de l'IPBES (la Plateforme intergouvernementale scientifique et politique sur la biodiversité et les écosystèmes), dans son dernier rapport de décembre 2020. On estime à 1,7 million le nombre de virus non découverts, actuellement présents chez les mammifères et les oiseaux, dont 827 000 pourraient avoir la capacité d'infecter les êtres humains, toujours selon l'IPBES. Sur ce, passez une bonne soirée et faites de beaux-rêves, nous allons, pour notre part, nous enfermer dans un placard en attendant la fin prochaine de l'humanité.

La connerie est-elle sexuellement transmissible ?

Autrement dit : peut-on devenir un·e « trou-du-cul » en couchant avec un·e « trou-du-cul » ?

Aucune étude scientifique ne prouve la viralité de l'acte sexuel concernant le virus de la connerie mais force est de constater que le sexe rend complètement idiot. La montée en puissance de la maladie commence dès la phase de séduction. Rien ne rend un homme plus pathétique que lorsqu'il se mue en séducteur. Tel le paon faisant la roue avec sa queue multicolore, l'homme ou la femme repère sa proie et son cerveau vrille complètement. Son instinct primaire, celui de la sauvegarde de l'espèce, celui du chasseur, prend le relais du cerveau logique.

Et il n'y a qu'à voir l'œil vitreux, la face idiote de l'homme lorsqu'il jouit pour constater que la moindre parcelle de raison et d'intelligence a depuis longtemps quitté son cortex pour prendre un jour de RTT.

C'est tout con

Une étude scientifique confirme que les chats ne transmettent pas le virus mais qu'ils le feraient s'ils le pouvaient.

QUESTION DE LECTEUR

« Bonjour monsieur, je voudrais savoir si les animaux sont atteints par le virus de la connerie et s'ils sont contagieux. J'ai un lapin nain que j'aime beaucoup, il s'appelle Jeannot et il est gentil. »

Hugo, 6 ans, Montpellier.

Mon petit Hugo, j'ai une bien mauvaise nouvelle pour toi, il va falloir tuer ton lapin Jannot dès aujourd'hui. Il est très dangereux. Il est temps pour toi de lui dire au revoir.

Mais non Hugo, ne pleure pas, c'est une blague ! Les animaux ne sont pas des cons, même le plus bête des animaux sera toujours moins con qu'un CRS à la retraite. Il suffit de regarder ton lapin dans les yeux pour y voir de l'innocence et plus d'humanité que chez la plupart des hommes. Mais bon, méfie-toi tout de même de ces enc… de pangolins, même s'ils sont rares du côté de Montpellier car, si on en croit le gouvernement chinois (qui n'a pas l'habitude de mentir), ce pauvre animal serait responsable de la dernière pandémie de Covid.

Ne pense-t-on réellement qu'à ça ?

Halte aux clichés : non, les hommes ne pensent pas au sexe toutes les 7 secondes. C'est une idée reçue. Les hommes y pensent plus souvent que les femmes, environ 19 fois par jour (si on omet les adolescents et Dominique Strauss-Kahn des statistiques). Cette étude de l'Ohio State University veut discréditer le stéréotype des hommes pensant au sexe en permanence et explique que les hommes sont tout autant à l'écoute des autres besoins biologiques, comme manger et dormir. Ces données, publiées dans l'édition de janvier du Journal of Sex Research, la revue de la Society for the Scientific Study of Sexuality, montrent que le plus important, c'est d'être bien dans sa sexualité.

CONSEIL DE SAGE

« Si jamais j'ai besoin d'une transplantation de cerveau, je choisirais un sportif, car je veux un cerveau qui n'a jamais servi.»

Norman Van Brocklin

Foire aux questions

L'abstinence, est-ce la solution ?

Le gros avantage de l'abstinence est de ne pas avoir à séduire et de ne pas rencontrer de partenaires possiblement contagieux. Le gros inconvénient de l'abstinence, c'est de rendre complètement fou n'importe qui, après quelques jours. Personnellement, dans le cadre de cette étude, j'en suis à 10 jours, et je me suis surpris à regarder avec envie ma voisine de 83 ans marchant dans le couloir de mon immeuble avec son déambulateur. Petite allumeuse, va !

La masturbation est-elle à conseiller ?

Oui, mais pas en public. Je sais que cela peut sembler être une évidence mais certains lecteurs un peu cons ont tendance à prendre les conseils un peu trop au pied de la lettre. Cette sexualité présente tous les avantages de l'abstinence sans les inconvénients. Woody Allen disait à propos de cette pratique : « Ne vous moquez pas de la masturbation. C'est faire l'amour avec quelqu'un qu'on aime. » Alors qu'attendez-vous pour vous ruer au supermarché faire le plein de Kleenex ?

Existe-t-il un préservatif pour éviter la contamination à la connerie ?

Oui, il ressemble à un préservatif classique mais en plus grand ; il se met autour du visage jusqu'au cou. Son avantage indéniable, il empêche d'entendre la conversation de sa maîtresse ou de son amant. Son principal inconvénient, vous mourrez d'asphyxie au bout de deux minutes.

Comment repérer un con lors d'un premier rendez-vous ?

Ce chapitre, mesdemoiselles, va vous faire gagner un temps fou. Vous ne mettrez plus des semaines avant de vous rendre compte que le beau Mario est en fait un vrai connard. Voici les 10 signes à surveiller lors de votre premier rendez-vous avant qu'il ne soit trop tard.

- Il ne parle que de lui et a à peine retenu votre prénom, Martine. Pardon, Lola, c'est bien Lola, c'est ça ?
- Il regardera plus souvent votre décolleté que vos yeux.
- Il a la marque de bronzage de son alliance sur son annulaire.
- Il aurait aimé vous payer un verre mais, c'est idiot, il a laissé son portefeuille chez lui.
- Sur Tinder il a mis une photo de lui datant de 2005.
- Il vous dit qu'il a l'âge d'être votre père et que ça l'excite un peu.
- Il vous dit : « **Je trouve que c'est très courageux de porter cette tenue, vu ta physionomie** », en pensant vous faire un compliment.
- Il ne vous parle que de sa mère à qui il voue une admiration sans bornes.
- Il vous propose d'aller au cinéma, regarder un film porno.
- Il est taliban et vous propose de venir vivre avec lui en Afghanistan.

Monsieur, comment repérer une conne lors d'un premier rendez-vous ?

De toute façon, peu importe qu'elle soit conne ou non, il y a peu de chances que je la rappelle demain. Ce que je veux, c'est juste coucher avec elle, je ne me sens pas prêt pour me mettre en couple. On va chez toi Martine, pardon Lola ? Ah, au fait, j'ai oublié mon portefeuille, tu m'invites ?

Con-seils, trucs & astuces

Comment repérer un con dans un restaurant italien ?

C'est le seul, autour de la table, à commander une pizza à l'ananas.

À MÉDITER

Gardons-nous de donner la parole aux cons. Ces gens-là ne veulent jamais la rendre !

Le couple est-il une protection contre la connerie ?

Le couple, ce rempart contre l'adversité et le monde extérieur, ce cocon fait d'amour et de complicité, la félicité du mariage, la vie heureuse à deux…

Le jour où le prêtre vous a fait prononcer vos vœux a le même effet qu'un vaccin, il vous protège de la connerie durant toute votre vie. L'homme devient immédiatement fidèle et ne risque plus de se faire contaminer par une jeune intrigante.

Je profite que ma femme et coauteure soit partie à son cours de Pilates pour modérer le propos de ce chapitre. Oui, le mariage diminue le risque de contamination à la connerie parce que :

◆ Votre femme vous empêche de passer toutes vos soirées dans des bars avec vos copains…

◆ ... Et de flirter avec une idiote. Après, elle est peut-être très bête mais elle a un décolleté à tomber par terre.

◆ Le mariage diminue de 95 % la fréquence de vos soirées en discothèque.

Mais, *a contrario*, vous devez supporter ses amies à elles. Et croyez-moi, ça ne vole pas bien haut.

Le dictionnaire anti-cons

Si tu le dis : expression signifiant **« je sais que tu as tort mais j'ai la flemme d'argumenter avec un con ».**

Non seulement on s'ennuie en couple, c'est une évidence, mais le risque de contamination existe toujours, notamment lors des repas avec votre belle-famille. Parlons-en de ma belle-famille ! Y a-t-il un nom plus trompeur dans le dictionnaire que « belle-famille » ? C'est un oxymore, un faux ami, une manipulation du vocabulaire, une publicité trompeuse…

Ah, chérie, tu es rentrée ? Ce cours de Pilates s'est bien passé ? J'expliquais aux lecteurs que la vie de couple était une bénédiction et à quel point tes parents étaient charmants.

Attention !

C'est tout con

Sur Facebook et sur Instagram, on peut publier des propos racistes, fascistes, misogynes, mais attention, il est interdit d'y poster la photo d'une poitrine ou d'une jolie paire de fesses.

Quels sont les gestes barrières recommandés pour ne pas être contaminé ?

Le virus de la connerie est particulièrement contagieux, il est donc primordial pour s'en prémunir de respecter un certain nombre de gestes barrières.

Évitez au maximum les contacts

C'est le geste barrière le plus efficace de tous. Moins vous côtoierez de personnes, plus vous aurez de chances d'éviter une contamination. Pierre Desproges, encore lui, avait, avec son talent, résumé ce conseil ainsi : « Quand on est plus de quatre, on est une bande de cons. *A fortiori*, moins de deux, c'est l'idéal. »

Témoignage

« Les boutons de mes jeans ont décidé de respecter la distanciation sociale… impossible de les fermer.».

Con-seils, trucs & astuces

Pour avoir une conversation intelligente, n'hésitez pas de temps en temps à vous parler à vous-même.

Important !

Il est primordial de garder une distance de 2 mètres avec les autres. Cette distance correspond à deux longueurs de bras.

Si vous êtes capable de gifler le con qui se trouve en face de vous, c'est que vous êtes trop près de lui.

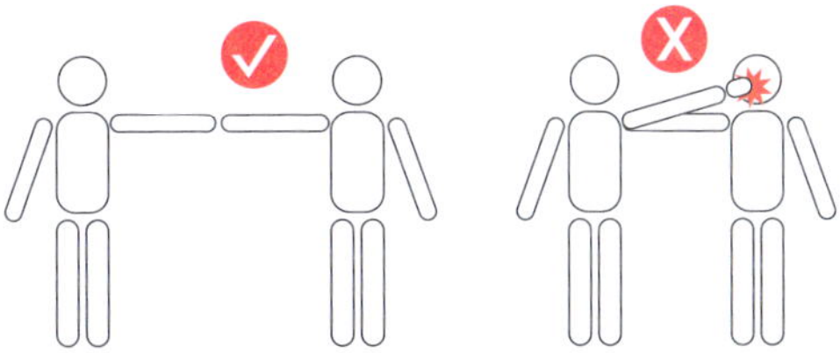

Dès le moment où vous quittez votre appartement douillet, vous êtes en danger. Faites donc le minimum de bruit en sortant de chez vous pour ne pas vous faire remarquer par un voisin ou, pire, par la gardienne de votre immeuble qui, entre deux points météo, risquerait, en vous racontant les ragots du quartier, de vous contaminer.

Privilégiez la voiture et non les transports en commun. Et ce, pour deux raisons, emmerder les écologistes et la maire de Paris et, surtout, pour éviter tout risque de conversation intempestive. Même si, comme chacun sait, les Parisiens ne disent pas même « bonjour » dans les transports en commun, vous pouvez toujours tomber, par malchance, dans le métro, sur une petite vieille dont la solitude est trop forte et qui ne manquera pas de s'asseoir à côté de vous pour vous parler.

Le soir, évitez à tout prix les supermarchés. Si vous le pouvez, privez-vous de dîner. Si, malgré tout, après quelques jours, une faim tenace vous assaille, faites-vous livrer vos courses mais donnez pour instruction de laisser la livraison sur le paillasson. Enfin, après tant d'efforts, ne vous faites pas avoir, veillez à ce qu'aucun voisin ne soit en vue lorsque vous rentrerez vos commissions, en particulier cette pipelette de gardienne.

Pour ce qui est des gestes barrières en milieu professionnel, un chapitre entier y sera consacré.

CONSEIL DE SAGE

« Monsieur Esnault, si la connerie n'est pas remboursée par les assurances sociales, vous finirez sur la paille. »

Jean-Paul Belmondo, *Un singe en hiver* (dialogues de Michel Audiard)

QUESTION DE LECTEUR

« Existe-t-il des masques XXL pour les grandes gueules ? »

Olivier, 55 ans, Valognes.

Malheureusement non, mais concernant les grandes gueules, nous préconisons l'usage d'une muselière en lieu et place du masque.

« Bonjour monsieur, un collègue vient de m'inviter à une soirée chez lui, dans le Marais, en précisant de bien penser à emmener un masque et du gel. Dois-je me méfier ? »

Quentin, 27 ans, Paris.

Bonjour Quentin, avant la pandémie de Covid, je vous aurais répondu que oui, vous devriez vous méfier. Mais depuis, il est impossible de savoir si vous vous exposez à une soirée sanitairement safe ou sexuellement débridée.

Expérience scientifique

Nous l'avons vu, ci-dessus, non seulement la distanciation sociale est recommandée mais elle est, à ce jour, la meilleure méthode pour ne pas attraper ce virus.

Faisons une petite expérience scientifique et prenons un jeune homme de 25 ans. Isolons-le sur une île déserte, le privant ainsi de tout contact avec le monde extérieur, pendant disons 40 ans. Que constatons-nous ?

- Il a beaucoup maigri.
- Il est devenu complètement fou.
- Il fait régulièrement l'amour à un pauvre lémurien qui n'avait rien demandé à personne.
- Il n'est pas seulement complètement fou mais il est devenu un vrai psychopathe.

Il y a, malgré tout, une bonne nouvelle. Ce brave garçon n'a pas été contaminé par le virus de la connerie. Bon, c'est vrai que dans cette expérience, il a attrapé la dengue, le palu, le chikungunya, la fièvre jaune, la filariose et une MST de lémurien, mais il n'a pas chopé le virus de la connerie.

Rassurons les lecteurs et les lémuriens de métropole, le protagoniste de cette expérience a été euthanasié, car il était bien trop dangereux pour être relâché dans les rues.

Sans en venir à de telles extrémités, souvenez-vous que plus vous restreignez votre cercle de sociabilité, plus vous avez de chances de réduire vos risques de contamination à la connerie. Et souvenez-vous aussi que c'est très mal de coucher avec des lémuriens, même s'ils sont consentants !

Les mesures de distanciation sociale usuelles incluent typiquement ces principes :

- Limitez tout contact avec les personnes à risque (hommes, femmes, non-binaires, enfants, jeunes, ados, vieux…).
- Travaillez à la maison si votre travail vous le permet, et s'il ne vous le permet pas, attaquez votre patron pour mise en danger de la vie d'autrui.
- Si vous devez absolument sortir, évitez de le faire durant les heures de pointe, sortez entre 3 h 05 et 3 h 06 du matin.
- Saluez à distance, de la main, au lieu d'échanger des poignées de main, des accolades ou des baisers avec la langue (ne le niez pas, monsieur, on vous a vu avec la voisine).

À MÉDITER

On a eu le siècle des Lumières, et puis un con a dû éteindre !

Con-seils, Trucs & Astuces

Pour votre bien, ne demandez jamais son avis à un con, il serait bien trop heureux de vous le donner.

Comment repérer un con au bureau ?

Au bureau, le con est capable d'organiser un événement ou une soirée devant vous, sans même penser à vous y inviter.

Aérez votre esprit

Tout comme il est recommandé, pour des pandémies de coronavirus, d'aérer les pièces et de faire circuler l'air, il est fortement conseillé de s'aérer l'esprit pour ne pas être contaminé par la connerie.

Après une longue journée de travail et de sociabilités imposées, nous vous préconisons de penser à autre chose. Comment ? En allumant son téléviseur ? Surtout pas, bande d'inconscients ! Vous risqueriez, en zappant, de tomber sur Cyril Hanouna ou « Les Anges de la téléréalité ». Non, à la place, entamez plutôt une bonne marche dans une forêt déserte, une place déserte, un désert désert... Si vous habitez en ville, optez pour un musée municipal, ils sont toujours vides.

Portez un masque

La connerie se transmet par les oreilles et les yeux, et non par le nez et la bouche. Il est donc conseillé de porter des boules Quiès et des lunettes opaques plutôt que des masques FFP2. Les masques offrant tout de même l'avantage de pouvoir se foutre ouvertement de la tête d'un con sans qu'il s'en aperçoive.

Avertissement

Le service juridique de notre pleutre d'éditrice nous contraint à vous mettre en garde. Il peut être relativement dangereux de sortir dans la rue avec des boules Quiès et des lunettes opaques, notamment en ville, ou lorsque vous êtes au volant.

CONSEIL DE SAGE

« Il est loin d'être con, mais il y a des moments où il se rapproche. »

Grégoire Lacroix

Ne serrez pas de mains

Vos mains, oui vos si jolies petites mains manucurées avec soin, peuvent transmettre jusqu'à 10 000 milliards de bactéries en serrant celles d'autrui. Les virus du rhume ou de la grippe y survivent des heures et je n'ose évoquer celui de la gastroentérite que vous transmettra Marc, de la compta, parce que ce saligaud ne se lave jamais les mains même après être allé faire la grosse commission ! Je suis sûr que vous penserez à ces statistiques effrayantes lorsque, demain matin, votre collègue de travail vous tendra sa main moite. Mais rassurez-vous, la bonne nouvelle est qu'un serrage de mains ne transmet pas le virus de la connerie, sauf si bien sûr, vous en profitez pour engager la conversation. Et, Marc, va te laver les mains, espèce de porc !

Utilisez du gel hydroalcoolique

Il est recommandé, si un con vous approche de trop près, d'avoir toujours avec soi une petite bouteille de gel hydroalcoolique. Non pas pour vous en mettre sur les mains, non, cela ne fonctionne que pour la Covid, la grippe et la gastro, mais pour lui en verser le contenu dans la bouche. Cela permettra de lui donner une meilleure haleine, de nettoyer ses paroles si elles sont salaces ou bien de lui faire fermer sa grande gueule.

Con-seils, Trucs & Astuces

Pour éviter toute contamination au virus, mangez de l'ail.

Non seulement l'ail possède des propriétés antimicrobiennes, antiseptiques, anti-inflammatoires, antibactériennes, antibiotiques, antifongiques et antivirales, ce qui fait de lui un aliment capable de chasser et d'éliminer un grand nombre de bactéries pathogènes quand elles parviennent à s'introduire dans notre organisme, mais, en plus, l'ail repousse les cons à une distance de plus de 2 mètres à cause de l'haleine fétide qu'il provoque. C'est vraiment le condiment miracle pour éloigner les vampires, les cons et les cons de vampires !

Zoom sur...

Le nombre de reproduction

Concernant la Covid, le nombre de reproduction est une estimation, sur les 7 derniers jours, du nombre moyen d'individus contaminés par une personne infectée. On parle de nombre de reproduction de base ou R-0 en début d'épidémie. Au cours de l'épidémie, ce nombre change : on parle de nombre de reproduction effectif ou temporel R(t). S'il est inférieur à 1, l'épidémie régresse. Au-dessus de 1, elle progresse.

Concernant la pandémie de cons, quel est en ce moment le nombre de reproduction ?

En France, le taux de fécondité étant de 1,88 enfant par femme, le taux de reproduction de cons et de connes est donc lui aussi de 1,88. Nous pouvons donc en conclure que l'épidémie progresse.

À MÉDITER

Les écoles ne sont pas des hôpitaux contre la connerie. Si votre enfant est con, le laisser à la garderie n'y changera rien.

Existe-t-il des anticorps contre la connerie ?

Rappelons que le rôle des anticorps est de reconnaître un antigène étranger afin de le neutraliser et d'empêcher la maladie de progresser dans l'organisme. Afin d'en savoir plus, nous avons demandé à un médecin spécialiste de nous expliquer avec des mots simples comment fonctionnent les anticorps.

Bonjour docteur.

Vous avez rendez-vous ?

Non, c'est juste pour une petite question.

Alors, mon premier rendez-vous disponible, ce sera mardi…

Super !

11 octobre…

Ah bon ?

2026.

Ah… vous ne pouvez pas, en 5 minutes, nous expliquer comment fonctionnent les anticorps ?

OK, c'est bien pour vous faire plaisir mais dépêchez-vous, je vais chez BFM dans une heure, CNews à 17 heures, je fais "C dans l'air" à 18 heures et Playboy TV à 23 heures. Alors, allons-y, les anticorps vêtent la surface…

Vêtent ?

Habillent, si vous préférez. Cessez de m'interrompre, je déteste ça. Donc, ils « habillent » l'agent pathogène et permettent de gripper de leurs domaines de Fc aux récepteurs de Fc actuels sur des cellules d'électeur. Les macrophages et les neutrophiles alors engloutissent l'agent pathogène et internalisent le microbe entraînant sa destruction.

C'est bon, c'est plus clair pour vous ?

Euh…

Dites-moi si je n'ai pas été clair.

En fait, ce n'est pas très clair.

Ce n'est pas moi qui ne suis pas clair, c'est vous qui êtes trop con ! Je n'ai pas fait 12 ans d'études pour m'abaisser à vous faire comprendre quelque chose d'aussi simple que les anticorps. Au revoir, monsieur ! Ah, au fait, ça fera 150 euros, je pratique le dépassement d'honoraires et je ne prends pas la carte Vitale.

Trucs & astuces

Comment repérer un vieux con
en ne lui posant qu'une seule question ?
C'est simple, demandez-lui :

« Vous en pensez quoi, vous, de la colonisation ? »

S'il commence son argumentation par :

« Je ne suis évidemment pas pour MAIS… »
vous pouvez être sûr qu'il est contaminé.

Des clusters de cons

Comment repérer un cluster de cons ?

On dit souvent que « les grands esprits se rencontrent » mais c'est, malheureusement, également le cas concernant les cons. Soyez donc particulièrement prudent et évitez, tant que possible, les grands rassemblements, potentiellement contaminants.

Un « cluster », ou foyer d'infection, est un rassemblement de personnes qui se contaminent mutuellement, joyeusement et connement.

Nous l'avons vu dans le chapitre précédent, la connerie, tout comme la Covid, peut se transmettre par la bouche, non pas à cause des postillons infectieux, mais en raison des conversations qui en émanent.

Y a-t-il des endroits plus propices que d'autres à devenir des clusters de cons, me demanderiez-vous ?

La réponse est oui, vous répondrais-je. Mais cessons d'employer le conditionnel, ce livre doit rester accessible au plus grand nombre, même aux cons.

Attention !

Y a pas de question con

Si les aveugles sont des non-voyants, les sourds des non-entendants, les cons sont-ils des non-comprenants ?

Quels sont les foyers d'infections les plus dangereux ?

- Les bars-PMU
- Les plateaux télé (seule exception, ceux d'Arte, les plus pathogènes étant ceux des chaînes d'infos)
- Les casernes de militaires de carrière
- Les stades de foot
- Les meetings du Rassemblement national ou des Insoumis
- Les réunions de copropriétaires
- Les repas de famille
- Les réseaux sociaux
- Les open spaces de la Défense

À MÉDITER

Essayer de raisonner un con est comme vouloir vider l'océan avec une cuillère à soupe, totalement inutile.

Zoom sur...

Les réseaux sociaux

Penchons-nous sur le cluster le plus contagieux de cette liste non exhaustive, les réseaux sociaux.

Il y a encore 20 ans, lorsque Gérard, ancien combattant de la guerre d'Indochine, chasseur et fan de Robert Ménard, assénait une diatribe contre le laxisme sécuritaire du gouvernement, il ne pouvait convaincre, à force d'arguments bien sentis et d'anisettes, que Roro, son copain de comptoir du Balto. Mais de nos jours, lorsque Gérard écrit ses conneries en 280 caractères (fautes d'orthographe incluses), il peut « potentiellement » contaminer les 330 millions d'utilisateurs de Tweeter. Sa vidéo affirmant que Macron est la marionnette de la famille Rothschild peut faire des millions de vues sur YouTube et sa chorégraphie de « Bim Bam toi » de Carla sur TikTok, être particulièrement malaisante.

Un con peut, grâce à ou surtout à cause des réseaux sociaux, en contaminer des centaines de milliers en quelques heures. Il peut devenir, à l'image de Dieudonné ou de Jean-Marc Morandini, un super-contaminateur de conneries en ligne.

Comment éviter un cluster de cons sur Internet ? Voici nos précieux conseils :

Ne croyez pas tout ce que vous lisez ou voyez sur les réseaux sociaux. Recoupez les informations. Mais, attention, recoupez-les à partir de sites sérieux. Une connerie recoupée trois fois sur Facebook reste une connerie.

◆ Pour votre santé mentale, ne passez pas plus d'une heure par jour devant un écran. Sortez, discutez avec des amis, votre épouse ou votre époux… ou même vos enfants, sauf s'ils sont ados car ils sont alors potentiellement contaminés par la bêtise.

◆ Ne vous aventurez jamais, au grand jamais, sur les forums de discussions. Même si, à l'origine, le mot « forum » désignait une place publique sur laquelle échanger des idées, la chute de l'Empire romain a entraîné avec elle la chute libre du niveau des débats sur les forums.

◆ Évitez les vidéos complotistes. Après des heures de visionnage, vous aussi, vous finirez par avoir un doute sur le fait que la Terre soit réellement ronde. Nous avons déjà abordé ces cons extrêmes dans un chapitre précédent.

CONSEIL DE SAGE

« Certains ne sont jamais seuls, ils sont toujours accompagnés de leur connerie. »

Arletty

- Désactivez la connexion Internet de votre ordinateur. Il deviendra alors une simple machine à écrire inoffensive.
- Jetez vos ordinateur et téléphone par la fenêtre en essayant de viser votre gros con de voisin.
- Et, enfin, ne fréquentez les réseaux sociaux qu'avec parcimonie. Une fois tous les 6 mois, juste pour vérifier que votre cousin de province est toujours en vie ou pour constater que votre connasse d'ex est encore partie en vacances avec son nouveau mec prof de zumba.

C'est tout con

Le QI moyen en France est de 100. Entre 65 et 80, on est considéré comme débile léger par la médecine. De 50 à 65, comme débile profond.

Moins de 50 : comme un téléspectateur de NRJ12.

QUESTION DE LECTEUR

« Je dois malheureusement me rendre à la capitale pour un rendez-vous professionnel. Y a-t-il des lignes de métro à éviter plus que d'autres ? »

Rodolphe, 45, Maubeuge.

Nous vous déconseillons la ligne 13 du métro, son taux de remplissage étant de 126 %. Une heure passée sur cette ligne en plein été vous donne une idée de ce que pourrait être l'enfer. Mais rassurez-vous, la connerie se transmet essentiellement par voie orale, non par le mélange de sueurs. Or, dans le métro, les Parisiens ne parlent pas. Vous ne les entendrez jamais dire « bonjour », « au revoir » ou bien même « pardon » lorsqu'ils vous marchent sur les pieds.

CONSEIL DE SAGE

« La connerie, c'est la décontraction de l'intelligence. »

Serge Gainsbourg

Comment repérer un con en boîte de nuit

Les boîtes de nuit sont de véritables bouillons de culture en cas d'épidémie, que ce soit celle des virus, des MST ou de la connerie.

Tous les ingrédients nocifs y sont réunis. La promiscuité, la chaleur, la musique forte, la fatigue et surtout l'alcool. Avez-vous déjà eu une vraie conversation, articulée, intelligente et construite, entre deux baffles qui crachent du son ? La réponse est non.

Et je vous rappelle, madame, que vous avez rencontré votre mari au Macumba Night de la rocade d'Albi. Si vous aviez eu votre premier rendez-vous au calme, autour d'un café, vous auriez vite compris que son esprit volait aussi haut qu'un Airbus piloté par un copilote allemand dépressif. Mais vous n'êtes pas la seule, madame, à avoir fait cette erreur tragique : 10 % de Françaises ont rencontré leur époux sur une piste de danse. Mais comment ne pas fondre devant le jeune Sébastien venu fêter son BTS électrotechnique ?

Il avait si fière allure avec son sweat Reebook dansant sur du Indochine, un verre de whisky coca à la main. Ne pleurez pas, madame, nous commettons tous des erreurs, et puisqu'il est déjà trop tard pour vous, votre rôle est de prévenir votre fille Brenda des dangers de tels lieux. Allez la voir dans sa chambre et dites-lui :

Brenda, j'aimerais te dire deux choses. Tout d'abord m'excuser pour t'avoir choisi un si vilain prénom, c'est ton con de père qui a eu l'idée. Et surtout, te mettre en garde : si tu ne veux pas passer 30 ans de ta vie avec un con, ne le rencontre pas dans une boîte de nuit.

À MÉDITER

Avant les réseaux sociaux, il n'y avait que votre famille qui savait que vous étiez con !

QUESTION DE LECTEUR

« Je suis DRH dans une grande société. Existe-t-il des aides du gouvernement si je décide d'employer des cons ? »

Madeleine, 41 ans, Beauvais.

Non, madame, il n'existe à ce jour aucune aide de l'État pour favoriser leur insertion professionnelle. Cependant, rassurez-vous, si vous licenciez un con, ses collègues de travail vous seront pleinement reconnaissants.

Interview exclusive

Interview exclusive du professeur Lerebourg, responsable de la connerie à l'OMS, l'Organisation mondiale de la santé.

Merci de nous accueillir dans votre bureau à Genève. Vos collègues travaillant sur la Covid ou Ébola évoluent dans de vastes et lumineux open spaces, mais vous, vous avez un minuscule bureau à la cave, à côté du parking. Faut-il y voir un mépris de l'organisation onusienne envers cette pandémie de cons ?

Mais non, pas du tout. Qu'allez-vous croire ? C'est juste que ça me fait gagner du temps lorsque je dois prendre mon véhicule.

Combien de personnes travaillent sur la pandémie de cons à l'OMS ?

Vous voulez dire en me comptant moi ?

Oui.

Alors une personne. Et encore, c'est un mi-temps, je donne des cours de mécanique dans un lycée professionnel de la région. Et croyez-moi, j'y vois de près la connerie !

Comment en êtes-vous venu à vous spécialiser sur la connerie ?

Par un concours de circonstances assez cocasse. Vous allez rire. Je travaillais depuis des années sur la pandémie d'Ébola, j'étais chef de service, reconnu par mes pairs, auteur de plusieurs publications,

mais suite à une plainte
pour harcèlement sexuel sur
une employée, j'ai eu le choix entre
me faire virer et m'occuper du dossier
des cons… dont personne ne voulait.
C'est donc devenu une vocation tardive.

Que compte faire l'OMS
pour enrayer la pandémie ?

Je ne sais pas, demandez-lui, moi,
il est 15 heures, je file, j'ai un cours
de soudure pour les secondes.

Comment éviter une contamination en milieu urbain ?

La densité de population dans une ville comme Paris est de 21 000 habitants par km^2. Ce qui est, quand on y réfléchit bien, absolument terrifiant. D'un point de vue purement statistique, c'est une évidence, nous les Parisiens, sommes cernés de cons et de connes. Ils sont partout. À votre gauche, votre droite, à l'étage en dessous, au-dessus, dans le métro, les parcs… Vivre en ville est un peu comme être enfermé dans un aquarium de 20 m^2 avec 3 requins et 40 piranhas, ça ne peut que mal se terminer. La contamination est-elle, pour autant, inévitable ?

Si c'était effectivement le cas, cela voudrait dire que les Parisiens sont tous, sans exception, contaminés à la connerie. Si vous posez la question à un provincial, la réponse sera effectivement que tous les Parisiens sont des connards prétentieux, râleurs et agressifs. Et que dire des Marseillais ? Pour eux, Paris est l'ennemi héréditaire ! Mais doit-on faire confiance à des gens qui ont un accent ridicule ?

Y a-t-il plus de cons à Paris qu'à Marseille ? Oui et non. La population de la cité phocéenne étant moins importante que celle de la capitale, il y a forcément moins de cons à Marseille, même s'ils sont bien plus visibles et bruyants, ce qui fausse la perception.

CONSEIL DE SAGE

« Le con ne perd jamais son temps, il perd celui des autres. »

Frédéric Dard

5 raisons de penser que Paris est un cluster de cons :

◆ Il faut être con pour acheter un appartement de 30 m^2 insalubre à 400 000 euros.

◆ Il faut être un peu maso pour tourner une heure pour, enfin, trouver une place pour se garer.

◆ 0,005 seconde après le passage du feu au vert, le Parisien klaxonne déjà comme un con.

◆ L'Assemblé nationale est située au cœur de la ville.

◆ Les Parisiens ne mettent jamais les pieds en banlieue. Pour eux, passé le périphérique, c'est une zone de non-droit aussi dangereuse que Kaboul.

Répondons à présent à la question essentielle : comment éviter une contamination dans une ville, qu'elle soit grande ou moyenne ?

Sachez que c'est très compliqué mais pas totalement impossible. Il vous faudra prendre de la hauteur, ne pas répondre aux agressions verbales et éviter de vous énerver devant des incivilités, ne pas vous agacer des insultes reçues sans raison, ne pas vous laisser contaminer par les conversations de vos voisins…

Enquête exclusive

Pour vous prouver que c'est possible de ne pas être contaminé par la connerie ambiante, nous avons invité Sa Sainteté le dalaï-lama à venir passer quelques jours dans la capitale française.

Maître, vous êtes à Paris depuis maintenant 24 heures. Comment vous sentez-vous ?

Qu'est-ce que tu m'emmerdes avec ta question de merde !

Tu peux surveiller s'il n'y a pas de connasse de contractuelle qui passe dans la rue, je suis garé sur une putain de place handicapé !

Attends, ma couille ! C'est pas abusé toutes ces places pour handicapés ! C'est déjà les putains de Jeux paralympiques ou quoi ?

Enquête exclusive

On se prend une bière ? La vache ! 7 euros le demi ! C'est quoi cette ville de cons ! Quand je pense que pour le prix d'une chambre de bonne, je pourrais me faire construire la réplique du palais du Potala en Inde !

Bordel, ça vient, ce demi ? Faut vraiment être malade pour vivre ici !

Vous pouvez le constater, un homme comme le dalaï-lama arrive à vivre dans une ville, telle que Paris, sans pour autant perdre sa sagesse.

Comment éviter une contamination en milieu rural ?

Ne vous fiez pas aux apparences. Certes ce petit village, au creux de la vallée, avec sa petite place ombragée, son église gothique et sa petite rivière traversant la campagne environnante semble un paradis où le virus de la connerie n'existe pas, mais c'est un leurre. Il y a, bien sûr, proportionnellement beaucoup moins de cons qu'en ville, ne serait-ce qu'au mètre carré, mais leur contagiosité est bien plus grande.

Laissez-nous vous expliquer ce paradoxe dit du « con rural ». Un Parisien peut passer toute une vie dans le même immeuble sans, en 70 ans, inviter une seule fois son voisin de palier à boire un café ou l'apéritif chez lui. À la campagne, il est absolument impossible de ne pas avoir de contact avec son voisinage, à moins de passer rapidement pour un psychopathe ou un « fiché S ».

Même dans le hameau le plus reculé de la Creuse, il y a, à un kilomètre, un voisin désœuvré et en manque de sociabilité qui voudra, tous les jours, vous parler de météo, vous raconter les ragots du village, vous offrir son analyse de la politique de Macron… le danger est bien là. Le risque de contamination à la connerie y est particulièrement élevé.

CONSEIL DE SAGE

« Une bonne vieille bouteille de vin est aussi rare, aussi miraculeuse qu'un vieux pas con. Ça arrive, mais mieux vaut ne pas trop y compter. »

Roland Topor

Enquête exclusive

Pour en savoir plus, nous avons rencontré le plus grand spécialiste de la campagne et des plus beaux villages de France, Jean-Pierre Pernaut.

Jean-Pierre, vous qui connaissez la province comme personne, les petits villages sont-ils gangrénés par l'épidémie de connerie ?

Bien sûr que ce sont en majorité des cons ! Pourquoi pensez-vous que, durant 30 ans, dans mon journal de 13 heures, je n'ai jamais, au grand jamais, donné une seule information, ni abordé la politique et encore moins l'économie ou les infos internationales ? C'est parce que mes téléspectateurs étaient, en majorité, des ploucs et des cons finis qui vivent en province. Attention, ce n'est pas forcément de leur faute. Des décennies de mariages consanguins, évidemment, ça laisse des traces ! Bon, bien sûr, tout ce que je vous dis est off. N'allez surtout pas publier mes propos, imaginez le scandale.

Oups ! Trop tard.

Zoom sur…

Le crétin des Alpes

Si l'expression française « crétin des Alpes » est passée dans le langage courant pour désigner une « personne simple et stupide », elle a longtemps désigné une maladie bien réelle.

Le « crétinisme » désignait auparavant une pathologie, longtemps incomprise, qui apparaissait au fin fond des vallées alpines. Le phénomène n'était d'ailleurs pas propre à la France. Au siècle dernier, les « crétins » étaient nombreux non seulement dans tout l'arc alpin, mais aussi dans les Rocheuses ou la région des Grands Lacs aux États-Unis. Il s'agissait, en fait, de troubles physiques et mentaux liés à un problème de thyroïde. Longtemps recherchée, la raison de ce dysfonctionnement thyroïdien était une carence en iode, cet oligoélément naturellement présent dans les poissons, les fruits de mer ou encore les algues. Ces mets étaient évidemment impossibles à se procurer dans les lointaines vallées alpines des siècles passés.

Résultat, c'est dans ces régions reculées que les carences en iode étaient les plus marquées avec des conséquences des plus visibles.

Au milieu du XIXe siècle, on comptait près de 100 000 « crétins » principalement dans les Alpes et les Pyrénées.

Sachant cela, nous pouvons légitimement nous poser la question : le fait de manger des huîtres rend-il un peu moins con ? Est-ce pour cela que le Rassemblement national n'a jamais réussi à percer en Bretagne ?

Ce qui est certain, c'est qu'il n'y a rien de meilleur qu'une bonne assiette de fruits de mer.

Con-seils, Trucs & Astuces

La connerie, c'est comme quand vous avez de la salade entre les dents. Tant que vous fermez vos gueules, ça ne se voit pas.

QUESTION DE LECTEUR

« Je pratique depuis des mois la pensée positive. Saviez-vous que la pensée peut agir directement sur le corps ? Quand vous remplacez les pensées négatives par le calme, la confiance et la paix, vous vous sentez bien. De plus, la pensée positive peut être utile pour surmonter les troubles du sommeil, la tension musculaire, l'anxiété et la fatigue. »

Angéline, 29 ans, Paris.

Mais quelle est votre question ?

« Je n'en ai aucune, je voulais juste profiter de votre livre pourri pour faire de la publicité pour ma chaîne YouTube Angéline Positive Life. Abonnez-vous à ma chaîne. »

Mais quelle conne !

« C'est pas très positif, ça ! »

Comment éviter une contamination en milieu professionnel ?

Attention danger ! Nous abordons dans ce chapitre, l'un des milieux de contamination les plus redoutables et presque inévitables. Le bureau !

Les cons dans le milieu professionnel sont aussi nombreux que les beaufs au Salon de l'auto. On y trouve toutes sortes de cons, le crétin de la compta, le stagiaire aussi incompétent que boutonneux, le dragueur de l'accueil… et, le plus redoutable de tous les cons, le roi de la savane de l'open space, le petit chef !

Pour le psychiatre et spécialiste des thérapies comportementales et cognitives, Jean Cottraux, le connard en entreprise jouit « de la soumission et de la souffrance des autres, et fait carrière pour assouvir sa passion pour l'humiliation ». Toujours selon lui, « la connerie sait se déployer dans les dynamiques de groupes et dans la hiérarchie : on apprend ainsi qu'un degré élevé d'obéissance peut également conduire à des catastrophes, comme une fuite dans une centrale nucléaire japonaise ou un crash d'avion ».

Le petit chef cherche à intimider pour essayer de s'imposer et se faire respecter. Il accepte mal la contradiction et n'hésite pas à rappeler que c'est lui qui décide. Il est directif et ne s'embarrasse ni des contraintes des autres, ni du souci de s'assurer que son équipe saisit le sens des tâches à exécuter. Ne sachant pas faire confiance à son équipe, il ne sait pas déléguer et essaie de tout gérer, en vain. Il vérifie ce que font ses collaborateurs, ne leur laisse aucune initiative et demande à tout valider, par peur d'être mal jugé en tant que responsable d'équipe. Le petit chef a tendance à faire de la rétention d'information, car détenir des informations sans les partager, c'est garder le pouvoir et s'éviter d'être contredit. Le petit chef ne prend jamais en compte l'avis ou les propositions de ses collaborateurs, qu'il juge moins compétents que lui. Il a toujours raison et a du mal à reconnaître ses erreurs, il n'assume pas ses responsabilités et trouvera toujours un coupable à blâmer. Il est incapable de prendre du recul et peut humilier publiquement les membres de son équipe.

« Diviser pour mieux régner » : le petit chef peut se montrer clivant, opposer les membres de son équipe ou créer des malaises pour se mettre dans une position dominante. Il pointe les faiblesses et les problèmes plutôt que les aptitudes et les solutions. Le petit chef ne défend jamais, au grand jamais, son équipe auprès de la hiérarchie, et ne veut endosser aucune responsabilité. Bref, le petit chef est un grand con !

Quant aux séances de brainstorming de groupe, elles font naître plus de conneries que d'idées lumineuses : ça, toute personne ayant déjà participé à ces réunions le sait déjà.

Le danger ne vient pas toujours de l'intérieur mais aussi des gens extérieurs à l'entreprise, que ce soient les clients, prestataires ou sous-traitants.

Témoignage

« Parfois, je me trouve con. Puis je me rappelle que des gens envoient des SMS au 8 12 12 pour savoir si leurs ex les aiment toujours.»

CONSEIL DE SAGE

« Traiter son prochain de con n'est pas un outrage, mais un diagnostic. »

Frédéric Dard

Quelles sont les professions à risques ?

Ce sont tout d'abord celles qui vous mettent en contact direct avec les cons, enfin, je veux dire avec la clientèle, ce sont les métiers de services. Ayons une pensée pour les pauvres barmen obligés, à longueur de journée et de soirée, d'entendre au comptoir les inepties des clients contaminés. Compatissons avec les serveuses qui se font lourdement draguer par des cons, ou bien avec les téléopérateurs. Mais attention, les téléopérateurs que l'on appelle, pas ceux qui nous démarchent. Ceux-là, qu'ils crèvent dans d'affreuses souffrances. Excusez-nous pour ce petit aparté, mais nous profitons de ce livre pour leur dire que nous n'avons besoin ni de faire contrôler notre isolation, ni de changer d'opérateur téléphonique. Merci.

Saluons également une autre catégorie de héros du quotidien qui doivent supporter des cons plus ou moins violents, les policiers (les vrais, pas les municipaux), et, bien évidemment, les pompiers, en premier front pour lutter contre la pandémie de cons en tous genres.

C'est tout con

Il n'y a pas de question stupide, seulement des gens stupides.

Comment repérer un con dans une réunion

Généralement, les cons ont des comportements plus ou moins subtils lors des réunions professionnelles, comme couper grossièrement la parole à l'intervenant, traiter les gens comme s'ils étaient invisibles, faire des critiques non constructives, avoir des propos déplacés, ou bien encore faire de longs monologues et ainsi monopoliser la parole, car le con aime à s'entendre parler. Le con, lors de ces « meetings » – oui, le con aime les anglicismes –, fera tout pour placer des mots et des expressions de connards, pour n'en citer que quelques-uns : « il faut le mettre à l'agenda », « on fera une conf' call », « il faut penser à ajouter des items », « incessamment sous peu », « je te fais ça ASAP » et, le plus insupportable de tous, « y a plus d'encre dans le printer ». Jérôme, tu es né à Meudon pas dans le Bronx ! Donc, tu dis « une imprimante » et pas un putain de « printer », sinon le printer, on l'enfoncera dans ton cul ! Excusez-nous pour cette grossièreté mais on voit que vous ne connaissez pas Jérôme !

QUESTION DE LECTEUR

« Le suppositoire est-il un médicament permettant de soigner la connerie ? »

Jean-Eudes, 23 ans, Paris.

Non, il n'existe malheureusement pas de médicament pour soigner ce virus.

«Vous êtes sûr que le suppositoire n'est pas utile ?»

Oui, il ne sert à rien dans ce cas-là.

« Dommage, j'aime bien. »

Attention danger : les coiffeurs !

La question n'est pas de savoir si l'on doit dire « je vais au coiffeur » ou « chez le coiffeur », mais de ne plus y aller du tout. Les salons de coiffure sont des lieux de contamination redoutables. C'est bien pour cela que, lors du premier confinement, ils ont tous fermé leur porte pendant plus de 3 mois. Bizarrement, c'est également à cette période que 90 % des blondes ont disparu de la surface de la Terre.

Tout comme pour la Covid, le risque de contamination à la connerie y est important. Avez-vous déjà eu une conversation intéressante pendant une coupe ? Non, le salon est le royaume du « small talk météorologique » et des ragots sur les peoples.

Alors pour ne pas vous faire imposer une conversation insipide par votre artisan-coiffeur, suivez notre conseil, faites-vous passer pour un sourd et muet. Lors de leur formation au CAP coiffure, les élèves ne reçoivent pas d'enseignement sur les langues des signes. Alors, j'entends vos réserves. Comment vais-je faire pour expliquer la coupe désirée si je ne peux pas parler ? Avez-vous déjà connu un coiffeur respectant vos consignes ? Pas trop court, je veux une coupe comme Jennifer Aniston… Non ? C'est parce que les coiffeurs font semblant de pouvoir faire plusieurs coupes alors qu'ils n'en n'ont appris que deux : homme et femme. Autre solution envisageable, coupez-vous les cheveux vous-même. Vous aurez une coupe affreuse mais vous n'aurez pas à subir les derniers rebondissements du feuilleton entre la reine d'Angleterre et Meghan Markle.

Zoom sur…

Le stagiaire de troisième

Le stage de troisième est obligatoire lors de la dernière année de collège. Il dure 5 jours et peut être effectué en entreprise, dans une association ou un établissement public. C'est généralement la première expérience dans le monde du travail qui permet aux élèves de découvrir un métier ou un secteur. C'est aussi l'occasion pour eux de gagner en autonomie, de gagner en confiance dans un environnement différent du milieu scolaire.

C'est en tout cas ce qui est écrit sur le site Internet du ministère de l'Éducation nationale. La réalité est tout autre. Le ou la stagiaire de troisième est un poids mort que l'on impose à un salarié déjà débordé par son travail. C'est le cauchemar de tous les travailleurs, les voir débarquer avec leur regard éteint et leur peau acnéique, aussi peu motivés qu'un fonctionnaire municipal marseillais un après-midi de canicule.

À mi-chemin entre la moule posée sur un rocher et le paresseux accroché à une branche, le stagiaire s'assied à nos côtés, l'œil rivé à son portable, sans prononcer le moindre mot. Notre rôle, leur montrer les rouages d'un métier dont ils se foutent royalement. Et après une longue journée de formation, où l'on s'est efforcé de les intéresser à la subtilité de la comptabilité en PME, la seule et unique question qu'ils vous posent se résume à : « Monsieur, il est 16 h 15, je peux partir ? »

Si vous n'y prenez pas garde, ils réussiront en une semaine à vous contaminer à leur bêtise et à vous démotiver à jamais.

À MÉDITER

Vous pouvez, vous aussi, réussir dans la vie sans être un vrai connard. Mais bon, ce sera plus long.

Con-seils, Trucs & Astuces

Contrairement à la Covid où le patient infecté est fatigué, le con n'est jamais fatigué, par contre il fatigue énormément son entourage.

La religion rend-elle con ?

CONSEIL DE SAGE

« L'écrivain aime la vérité qui fait mal, comme les cons la vérité flatteuse. »

Christine Angot

Si vous pensez vraiment que, pour gagner les quelques maigres euros dont notre éditrice nous fait l'aumône, nous allons risquer de mettre notre vie et celle de notre famille en danger dans l'espoir de vous faire esquisser un maigre sourire, vous vous trompez lourdement.

Maintenant, si vous le voulez bien, passons au chapitre suivant avant qu'une fatwa ne nous tombe sur la tête.

Si oui, quelle religion est la plus pathogène ?

Non mais n'insistez pas ! Non, c'est non !

CHAPITRE SUIVANT !

L'islam en question

Vous êtes sérieux ? Arrêtez cela tout de suite. Vous êtes complétement fou ! Effacez immédiatement ce chapitre ! En tant qu'auteurs, nous nous désolidarisons totalement de notre propre livre.

À MÉDITER

Ceux qui généralisent sont tous des cons !

La religion catholique est-elle conne ?

Ah là, oui ! Dans ce cas précis, aucun problème pour écrire des vacheries contre les catholiques. Ils ne sont plus aussi vindicatifs qu'au XIIe siècle et nous ne risquons plus, de nos jours, le tribunal du Saint-Office de l'Inquisition.

Les personnes religieuses seraient, en moyenne, moins « intelligentes » que les non-croyants. Ce n'est pas nous qui le déclarons, ce sont les résultats d'une étude réalisée par des chercheurs de l'université de Rochester, dans l'État de New York. L'équipe dirigée par le professeur Miron Zuckerman a entrepris de se plonger dans les conclusions de 63 études menées depuis 1921 aux États-Unis à propos de notre rapport à la religion. Il ressort de ce long travail de synthèse que 53 d'entre elles arrivent au même résultat : il existe une « relation dite négative » entre religiosité et intelligence.

Con-seils, Trucs & Astuces

Comment repérer un con durant une conversation ?

Vous vous connaissez depuis 5 minutes et vous êtes déjà au courant des notes qu'il a eues au bac en 1995.

Attention !

Cette étude ne dit pas explicitement que la foi rend complètement con, mais elle laisse entendre que les personnes les plus brillantes sont plus enclines à se détourner de la religion que les autres.

Une des études citées par le professeur Zuckerman porte sur les croyances de 1500 enfants surdoués, au QI supérieur à 135, sur la durée d'une vie. Commencée en 1921, cette longue enquête, qui se poursuit toujours de nos jours, montre que même à un âge très avancé, quand certains individus sont tentés de se tourner vers la religion pour affronter les grandes questions de la vie, dont la mort, les sujets étudiés étaient bien moins nombreux à croire que la moyenne nationale.

L'étude conclut que les explications possibles de cette relation négative entre religiosité et intelligence s'accordent sur un point : les croyances religieuses sont irrationnelles, non ancrées dans la science, non vérifiables et de ce fait moins attrayantes pour les personnes « intelligentes », au sens le plus rationnel du terme. L'étude suppose aussi que les gens d'une intelligence supérieure obtiennent de meilleurs emplois, de plus hauts salaires, ce qui les incite à avoir une plus haute estime d'eux-mêmes et les encourage à contrôler leurs croyances personnelles et leur pensée[2].

[2]Source : « CQFD – Les religieux sont moins intelligents que les athées », affirme une étude Le Monde, 14 août 2013.

QUESTION DE LECTEUR

« Les clubs de sport et de fitness sont-ils, eux aussi, des lieux de contamination ? »

Anne, 36 ans, Nice.

Assurément, oui, Anne. En tout cas, bien plus qu'une bibliothèque municipale. Dans ces clubs, les hommes et femmes y transpirent beaucoup mais pas forcément d'intelligence. C'est souvent le règne de l'égo et de la superficialité. Ce n'est pas pour rien qu'il y a, dans ces clubs, autant de miroirs que dans la chambre d'un bordel.

La greffe du cerveau peut-elle guérir la connerie ?

Même si la neurochirurgie a fait d'énormes progrès au fil des décennies, transplanter un cerveau, à la Frankenstein, n'est pas encore à la portée de la médecine actuelle. En revanche, les greffes de cellules souches de neurones sont très prometteuses. Le neurochirurgien italien Sergio Canavero prétend avoir réussi, en Chine, la première greffe de tête humaine … d'un cadavre à un autre. Malheureusement le patient n'a pas survécu !

Mais grâce aux progrès de la chirurgie nerveuse, de la robotique et des greffes de cellules souches, il est très probable qu'il sera bientôt possible de rattacher une moelle épinière entière ainsi qu'une tête à un autre corps avant même 2030.

Jacques Chirac aimait à dire que l'on « greffe de tout aujourd'hui, des reins, des bras, un cœur. Sauf les couilles. Par manque de donneur ». La pénurie sera probablement similaire avec les cerveaux.

Mais admettons que ces transplantations deviennent, un jour, possibles. Comment savoir si le donneur est un con ou non ? Devra-t-il porter avec lui une carte de donneur spécifiant qu'il n'est ni un con ni un connard ?

Devra-t-il régulièrement faire des tests de QI ?

Imaginez le pire, vous êtes victime d'un AVC et l'on vous greffe le cerveau de Gilbert Collard. Rien que cette pensée me fait frissonner d'effroi.

DÉCLARATION TRÈS CONNE

« On ne peut pas résoudre le problème du sida avec la distribution de préservatifs. Au contraire, leur utilisation aggrave le problème. La solution passe par un renouveau spirituel et humain. »

Le pape Benoît XVI, le 17 mars 2009

QUESTION DE LECTEUR

« On dit " le " ou " la " pandémie de connerie ? »

Jimmy, 31 ans, Vincennes.

Pour répondre à votre question, laissons la place à un spécialiste de l'orthographe et de la grammaire, M. Bernard Pivot :

Bonjour Jimmy, alors, il faut écrire « la », pandémie. Pandémie est un mot féminin… comme tout ce qui peut arriver de pire à un homme.

Témoignage

« J'aime les cons comme j'aime mon thé… dans un sachet, sous l'eau.»

L'application TousAntiCons est-elle efficace ?

Tout comme l'application « TousAntiCovid » vous permet de savoir si vous avez été en contact avec une personne infectée par la Covid, l'application TousAntiCons vous indique la présence d'un con dans un rayon de 10 mètres autour de vous.

Comment fonctionne cette application ? Grâce au micro de votre téléphone, l'application enregistre et décrypte, à l'aide de son algorithme, les voix présentes dans votre environnement, et dès que le système reconnaît l'une des milliers de phrases permettant de détecter un con, grâce à son système d'intelligence artificielle, un message d'alerte vous est alors envoyé, vous permettant ainsi de prendre vos jambes à votre cou et de fuir cette zone contaminée.

Parmi ces mots et phrases permettant de repérer un con, citons :

- Je ne suis pas toujours d'accord avec Zemmour mais…
- Attention, moi je suis pour le multi-communautarisme mais…
- Je ne dis pas qu'il faudrait pendre tous les patrons mais…
- Je ne suis évidemment pas pour la peine de mort mais…
- Mon mois préféré est le mois de mai.

Bon, c'est vrai, cette technologie n'est pas encore à 100 % au point mais les grandes avancées technologiques ne se sont pas faites en un jour.

CONSEIL DE SAGE

« Quand j'entends discourir des cons au restaurant, je suis affligé, mais je me console en songeant qu'ils pourraient être à ma table. »

Frédéric Dard

Le sport, remède ou danger ?

Qu'attendre de la pratique d'un sport ? D'améliorer son bien-être, sa santé, de rencontrer d'autres personnes, de faire partie d'une équipe, de profiter de la nature, de se dépasser, d'améliorer son endurance ou encore de se détendre… Les bonnes raisons de pratiquer un sport sont nombreuses ! Mais attention au revers de la médaille.

Ne dit-on pas que faire du sport permet de se « vider la tête », et qu'arrive-t-il lorsque notre tête est vide ? Je vous pose la question ! La nature ayant horreur de ce vide, la connerie aime, tel le coucou dans le nid d'un autre, s'y installer.

Est-ce le sport qui rend con ou fait-on du sport parce que nous sommes cons ? Ce serait une erreur de généraliser. Le rugby et la boxe, par exemple, provoquent de nombreuses commotions cérébrales et rendent, *de facto*, très con. Le football, c'est autre chose. C'est la compétition, la volonté de gagner à tout prix qui rend tout compétiteur un peu con.

Faisons une petite expérience, prenons le dalaï-lama et faisons-le participer à un match de football.

Ah non ! Ça suffit vos conneries. Trouvez-vous un autre cobaye.

Que constatons-nous ?

Que ce n'est pas facile de jouer au foot en robe.

Que le niveau de Sa Sainteté laisse vraiment à désirer en attaque.

Qu'au bout de quelques minutes, le sage tibétain insultera l'arbitre et ses adversaires avec les mots les plus orduriers du vocabulaire tibétain :

Espèce de गधे। Eh oh ! L'arbitre, tu as de la मल dans les yeux!

Zoom sur…

Les supporters

Les supporters ont-ils le plus haut de degré de connerie pathogène de nos sociétés occidentales ?

Il serait caricatural d'écrire que tous les supporters sont des cons. C'est faux. Il m'est arrivé, une fois, de croiser à côté du Parc des Princes un supporter sympathique, courtois et non vindicatif. Bon, ce n'était pas vraiment un supporter du PSG, mais un touriste belge cherchant la tour Eiffel, c'est vrai. Ce qui rend plus con un supporter qu'un autre homme lambda, c'est l'effet de groupe qui, les concernant, ne les tire pas vraiment vers le haut.

Il existe plusieurs hypothèses pour expliquer pourquoi les gens ont tendance à se conformer à l'avis du groupe. L'explication la plus convaincante est que cela permet d'échapper à l'inconfort relatif au jugement du groupe. Une question se pose alors : les gens qui se conforment à l'avis du groupe, par peur d'être exclus, se forcent-ils à modifier leur jugement ou bien finissent-ils par percevoir réellement la même chose que le groupe ? Pour le dire autrement, est-ce que la pression sociale pourrait altérer votre perception ? Les Marseillais sont-ils vraiment des enc… ? Enfin, si l'on en croit les supporters du PSG.

Top 5 des sports où l'on trouve le plus de cons ?

◆ **Les pongistes**

Est-ce un hasard si le plus grand champion français de l'histoire du ping-pong s'appelait Jacques Secrétin ?

◆ **Les rugbymen**

Non, mauvaise idée, ils sont très costauds et aiment se battre. Les gymnastes filles. Avec elles, rien à craindre, elles mesurent 1 m 40 pour 35 kilos.

◆ **La marche athlétique**

Discipline à mi-chemin entre le cirque et la torture. Le marcheur doit parcourir 50 kilomètres à toute vitesse avec une marche débile du fait qu'il doit toujours garder un pied au sol.

◆ **Le basket**

Sport où il suffit d'être un grand con de plus de deux mètres pour être un champion.

◆ **L'haltérophilie**

Essayez d'avoir une conversation à propos de l'esthétique dans l'œuvre de Hegel avec un haltérophile, vous serez inévitablement déçu.

Attention !

Y a pas de question con

Faut-il créer un pays et une nationalité pour les cons pour pouvoir leur déclarer la guerre et mieux les combattre ?

L'automobile, cet amplificateur de la connerie

Même si vous n'êtes que très peu contaminé par le virus de la connerie, il y a une activé quotidienne qui, comme par magie, amplifie le mal de façon spectaculaire : la conduite automobile.

Chez l'homme qui s'installe au volant (plus rarement chez la femme), il semble s'opérer un processus des plus étranges qui transforme l'automobiliste en un Hulk agressif, irascible et capable des pires bassesses face à d'autres ennemis de son espèce.

Rien ne nous rend plus cons et agressifs que celui ou celle qui tarde à redémarrer au feu vert, grille la priorité, accélère trop lentement, freine trop tôt ou trop tard, oublie son clignotant, roule sur la file du milieu sur l'autoroute, oublie d'enlever son clignotant, TU AS EU TON PERMIS DANS UNE POCHETTE SURPRISE, CONNARD ?!?

Pour le vérifier, il suffit de faire le test auprès de collègues ou amis : chacun dans son entourage dispose de l'exemple-type d'un homme calme, respectueux dans la vie qui, une fois au volant, se mue en un personnage haineux, con et vindicatif. Mais le problème, c'est que tout le monde est potentiellement concerné : « Quatre à cinq ans après avoir obtenu son permis, chaque conducteur s'est construit son propre Code de la route, avec ses tolérances personnelles, qui vont du stop " glissé " au feu orange devant lequel on accélère systématiquement, en passant bien sûr par des excès de vitesse ou l'ingestion excessive d'alcool », observe Jean-Marc Bailet, docteur en psychologie, spécialisé en conduite automobile et ancien officier de gendarmerie. Autant dire qu'il connaît bien la question.

Autre facteur aggravant de connerie, lorsque l'on s'assied dans sa voiture, on se sent en général en sécurité, fort de cette carapace autour de soi. Comme si nous étions un conducteur de char d'assaut, nos émotions nous guident et nous font imposer nos propres lois. Je ne connais pas d'autre lieu où vous pouvez faire ce que vous voulez, comme insulter les autres, sans craindre une confrontation par la suite. Après, vérifiez toujours bien que vos portes sont verrouillées. On ne sait jamais.

C'est tout con

La connerie n'est pas considérée par l'O.M.S. comme un handicap, donc les cons n'ont pas le droit, contrairement à l'usage, de se garer sur les places handicapées.

Les 10 comportements qui peuvent transformer un automobiliste en bête sauvage prête à tuer

1 - Le connard qui vous colle.

2 - Le connard qui vous klaxonne parce que, selon lui, vous roulez trop lentement.

3 - Le gros con qui se gare sur deux places de parking.

4 - La connasse qui double par la droite sur l'autoroute.

5 - Le jeune con qui traverse sans regarder.

6 - Le débile qui met trois heures pour faire un créneau.

7 - Le connard de motard qui passe entre les files.

8 - Le connard en Porsche qui roule à 200 km/h !

9 - Le gros con qui roule pleins phares.

10 - Ma connasse de femme qui me dit que je suis agressif au volant. « MOI ! AGRESSIF ?!? »

Con-seils, trucs & astuces

Aux mecs qui pensent baiser comme des Dieux parce qu'ils regardent beaucoup de pornos, sachez que personne n'a jamais appris à conduire en regardant « Automoto ».

Attention !

Y a pas de question con

Est-ce légal de tuer un con ?

Pour répondre à cette question, nous avons demandé à un avocat pénaliste qui nous a répondu que « non, ce n'est pas légal de tuer un con ». Nous avons demandé à un autre avocat pénaliste qui nous a confirmé que « non, la loi n'autorise pas le meurtre d'un homme ou d'une femme sous prétexte qu'il ou elle est con ou conne ». Par acquit de conscience, nous nous sommes tournés vers un troisième avocat qui, lui aussi, nous a confirmé que « non, définitivement non, c'est illégal » et nous a demandé d'arrêter de harceler tous les membres de la profession. Ça nous aura coûté, au final, près de 2500 euros d'honoraires, mais cela en valait la peine.

CONSEIL DE SAGE

« Toujours préférer l'hypothèse de la connerie à celle du complot. La connerie est courante. Le complot exige un esprit rare. »

Michel Rocard

MISE EN QUARANTAINE
DES CONS

Sortir
de la pandémie

L'immunité collective est-elle une solution ?

En épidémiologie, l'immunité collective correspond au pourcentage d'une population donnée qui est immunisée, c'est-à-dire protégée contre une infection, en ayant guéri du virus après avoir été contaminée. Cette immunité de groupe, ou collective, peut être obtenue par une infection naturelle ou bien par la vaccination.

Pour faire plus simple, faut-il laisser le virus de la connerie tous et toutes nous contaminer pour avoir les anticorps nécessaires et le faire cesser ? La réponse est NON MAIS ÇA VA PAS BIEN LA TÊTE ! Ce serait évidemment une grave erreur. Imaginez une population mondiale d'environ 8 milliards d'êtres humains, tous sans exception, atteinte par ce virus de la connerie. En moins de 6 mois, tous les pays du monde seraient en guerre contre leurs voisins et, en même temps, le chaos et la guerre civile feraient des ravages à l'intérieur des frontières.

En deux ans, la population mondiale serait exterminée à cause d'un chauffard ayant fait une queue de poisson à un autre, ou bien d'un dictateur ayant envahi un territoire, ou encore d'un colocataire ayant mal trié les déchets. Non, l'immunité collective n'est vraiment pas la solution à notre problème. L'immunité collective, tout comme l'intelligence collective, n'arrivera jamais. C'est un leurre.

Con-seils, Trucs & Astuces

Pour vous rendre compte du taux effectif de contamination dans votre ville, il n'y a rien de plus simple : rendez-vous dans une rue commerçante ou sur une place, un jour de marché, et hurlez :

« BANDE DE CONS ! »

Vous constaterez que ¾ des gens se retourneront, cela veut dire qu'ils se savent atteints par la maladie.

QUESTION DE LECTEUR

« Petite question : est-ce que le virus de la connerie donne envie de manger un kebab à 10 heures du matin ? »

Luc, 39 ans, Royan.

Non, Luc, rassurez-vous, vous n'êtes pas contaminé à la connerie, vous avez juste attrapé le chômage.

Existe-t-il un vaccin contre les cons ?

La réponse est non. Il n'existe, au moment où nous écrivons ces lignes, aucun vaccin contre la connerie et contre ses différents variants.

De toute façon, même s'il existait un vaccin contre la connerie, les antivax, qui pourtant sont fortement touchés par la maladie, refuseraient de se le faire inoculer.

Posons-nous tout de même la question : pourquoi les grandes sociétés pharmaceutiques ne travaillent-elles pas sur un vaccin contre la connerie ?

Sans tomber dans la théorie du complot, on peut se demander : à qui profite le crime ? Une société ayant une majorité de cons serait-elle plus facile à contrôler qu'une société faite de citoyens éduqués ? A-t-on moins envie de se révolter contre les injustices lorsque l'on a le cerveau lobotomisé par un match de foot ou une téléréalité plutôt qu'après la lecture d'un livre de sociologie ?

Telle une Élise Lucet dans " Cash investigation " sur France 2 n'arrivant pas, après de nombreuses tentatives, à joindre le service communication de Pfizer, Merx, Sanofi ou Bayer, nous avons rendu visite à notre pharmacien de quartier en ~~caméra~~ crayon caché pour le besoin de notre enquête.

Enquête exclusive

Il est 10 h 30, nous approchons de la pharmacie. Elle est presque déserte, cela va nous faciliter la tâche. Je m'approche du comptoir, c'est enfin l'heure de vérité.

Bonjour, monsieur le pharmacien. J'ai besoin d'une boîte d'aspirine et j'aimerais savoir pourquoi les laboratoires ne développent pas de vaccin contre la connerie alors que la pandémie ravage chaque jour un peu plus les cerveaux de l'humanité et que nos jours, en tant qu'espèce évoluée, sont comptés ?

L'aspirine, avec ou sans vitamine C ?

Enquête exclusive

On voit bien que Wilfried, notre pharmacien, est gêné et ne peut répondre à ma question. Il se sent visiblement en danger. La peur suinte de tous ses pores. Il sait que, s'il en dit trop, un contrat sera mis sur sa tête par « Big Pharma ». Il fera alors partie de la longue liste des pharmaciens tués sur l'autel de la vérité.

Sans vitamine C, dis-je en lui faisant un clin d'œil appuyé.

Ça fera 3,30 euros.

3,30 euros ? Est-ce un code ? 330 ? 033 ? 303 ? Je sens que mon enquête progresse.

À MÉDITER

Le fait que la méduse ait survécu plus de 650 millions d'années, alors qu'elle n'a pas de cerveau, est une bonne nouvelle pour les cons !

L'ARN messager est-il une solution pour soigner la connerie ?

Rappelons en quelques mots comment fonctionne l'ARN messager, même si depuis début 2020, à en juger par les réseaux sociaux, chacun de nous est devenu un spécialiste en médecine moléculaire.

Bref, petit rappel, lorsqu'une personne reçoit un vaccin de technologie ARN messager, certaines de ses cellules lisent les instructions de l'ARNm et produisent momentanément la protéine spike. Le système immunitaire de la personne traite alors cette protéine comme un corps étranger, produit des anticorps et active les lymphocytes T (globules blancs) pour l'attaquer. Si la personne entre par la suite en contact avec le virus, son système immunitaire le reconnaîtra et sera prêt à défendre l'organisme contre ce virus.

La question est donc de savoir comment stimuler le système immunitaire d'un humain pour qu'il réagisse à l'apparition du virus de la connerie ?

C'est tout con

Que dire à un con pour le faire taire ?

-Sais-tu respirer par le nez ?

- Oui.

- Alors, ferme ta gueule !

QUESTION DE LECTEUR

**« Bonjour monsieur,
je voudrais savoir si les antibiotiques,
c'est automatique ? »**

Élise, 35 ans, Bernay.

Rappelons en quelques mots comment fonctionnent les antibiotiques. Les antibiotiques agissent sur les bactéries de diverses manières. Certains empêchent la formation de leurs enveloppes protectrices, d'autres agissent en bloquant certaines réactions chimiques indispensables à leur métabolisme. Ceci étant dit, le virus de la connerie n'étant pas une bactérie, les antibiotiques se révèlent totalement inefficaces. Mais bon, si vous en appréciez le goût, rien ne vous empêche d'en prendre.

CONSEIL DE SAGE

« Vous savez quelle différence il y a entre un con et un voleur ? Un voleur, de temps en temps, ça se repose.»

Jean-Paul Belmondo dans *Le Guignolo*

Quelle est la partie du corps humain qui est infectée par le virus ?

Le cerveau, celui qui commande les émotions ? L'estomac ? Le cœur, le con manquant d'empathie ? Les couilles (pour les hommes uniquement), ou le petit orteil, organe tellement con qu'il n'arrête pas de se prendre les coins de table basse ?

Allez, admettons que l'organe le plus efficace où déposer la protéine est le cerveau, l'organe centralisateur de la bêtise. Le plus simple serait donc de vacciner les patients, non pas dans le bras, mais dans le front.

Oh, rien de bien méchant, une aiguille de 10 centimètres devrait suffire à transpercer le front, le lobe occipital, le lobe temporal et, oh zut, je suis allé trop loin, l'aiguille est ressortie par la nuque.

Oups ! Que faire de ce patient totalement lobotomisé ? Au pire, il deviendra député Rassemblement national dans le Vaucluse.

Il reste donc à continuer le lobbying pour que les chercheurs trouvent enfin un vaccin et, bien sûr, à convaincre la population de l'utilité de cette petite piqûre de rien du tout dans le cerveau. Ça ne va pas être simple.

Notre ADN peut-il muter pour nous protéger du virus ?

Une mutation de notre ADN est possible, grâce au temps, pour s'adapter à notre environnement. À titre d'exemple, il y a 8 000 ans au Tibet, une mutation du génome est apparue, qui protège les habitants contre le mal des montagnes lié à l'altitude, une particularité que ne possèdent pas les Chinois de souche vivant dans la même région. Quelles seraient les conséquences d'une mutation réussie de notre ADN pour se protéger des cons ? Le con pourrait, par exemple, avoir une espérance de vie réduite ou être dans l'incapacité de se reproduire. Quant aux non-contaminés, ils pourraient avoir en eux des filtres qui empêcheraient d'entendre une réflexion idiote ou un discours démagogique.

Mais aurons-nous la patience de tenir des centaines d'années pour que cette transformation génétique devienne effective ? Une fois de plus, la cellule investigation de ce livre a pris tous les risques pour vous informer. Nous avons réussi à obtenir, en exclusivité, le témoignage d'un antivax. Vous le comprendrez aisément, cet homme a préféré garder l'anonymat.

Con-seils, trucs & astuces

La connerie, c'est comme quand vous avez de la salade entre les dents. Tant que vous fermez vos gueules, ça ne se voit pas.

Enquête exclusive

Non, pas du tout !
Je m'appelle Martin Lefrançois, j'habite 17, rue des Peupliers à Gennevilliers et j'emmerde Macron ! C'est bon ? C'est assez anonyme pour vous ? À bas la dictature !

Pardonnez-moi, mais si nous étions réellement en dictature, ce ne serait pas très malin d'insulter le dictateur et de donner son adresse, non ?

De toute façon, vous les médias, vous êtes les marionnettes du pouvoir.

OK, passons au sujet qui nous intéresse, les vaccins.

Je suis fermement opposé au vaccin contre la connerie, je ne serai jamais le cobaye de « Big Pharma », de Bill Gates et du Bigdil.

Enquête exclusive

Excusez-moi encore une fois, mais nous venons d'écrire tout un chapitre pour évoquer le fait qu'il n'y a justement pas de vaccin contre la connerie.

Peu importe ! Même s'il n'existe pas, je refuse de me le faire inoculer.

Mais ...

Mais rien du tout. On n'a pas assez de recul. Et je ne veux pas qu'on me mette la 5G pour pouvoir me surveiller.

C'est noté, bonne journée.

Non, je refuse qu'on me souhaite une bonne journée. C'est à moi et non au gouvernement de savoir si ma journée sera bonne ou non !

Chacun chez soi, et les cons seront bien gardés ?

Faut-il mettre les cons en quarantaine ?

Parmi les armes permettant de combattre une épidémie, la quarantaine semble être, en l'absence de vaccin, l'une des plus efficaces.

Si les épidémies existent depuis que l'homme s'est sédentarisé, la première à avoir été décrite est la « peste d'Athènes », qui remonte à l'an 428 avant J.C. mais il faut attendre le XIVe siècle pour que soit imaginée la méthode de la quarantaine. Avant cela, la stratégie la plus commune consistait à prendre ses jambes à son cou et à courir le plus vite possible pour espérer échapper à l'épidémie et à une mort certaine.

Témoignage

« Étant de bonne humeur aujourd'hui, j'ai décidé que " ta gueule " serait la réponse à la majorité des questions qu'on me posera jusqu'à ce soir. »

En 1374, les premières méthodes de quarantaine sont ainsi imaginées à Raguse, devenue Dubrovnik, dans la Croatie actuelle. Face à l'épidémie de peste noire qui sévissait dans la région, les édiles de la ville décidèrent d'imposer une période d'isolement de 30 jours : les personnes en provenance de lieux infectés devaient alors passer un mois sur une île proche avant de pouvoir enfin pénétrer dans la ville. Peu à peu, la méthode s'étendit à l'ensemble des villes portuaires de l'Adriatique. C'est à Venise que la durée de l'isolement fut portée à 40 jours, selon la doctrine hippocratique qui veut qu'une maladie d'une durée supérieure à 40 jours soit une maladie chronique. La quarantaine se confondait ainsi avec les 40 jours du carême.

Ceci étant rappelé, posons-nous la question de l'utilité de cette méthode concernant la pandémie de connerie qui est, somme toute, différente de la peste. Est-ce qu'un con, enfermé dans une chambre, une île ou autre prison en ressortira moins con 40 jours plus tard ?

La réponse est bien évidemment non. Enfermé avec le dalaï-lama, le con ressortira peut-être un peu plus éveillé de sa quarantaine. Mais dans quel état sortirait le sage tibétain ?

La mise en quarantaine du con a tout de même quelques avantages. Le premier, le con n'embêtera personne pendant 40 jours. Du coup, posons-nous la question de l'augmentation de la durée de la quarantaine.

Qui a dit que la quarantaine devait correspondre à 40 jours et non pas à 40 ans ?

Cela peut sembler un peu long pour le banni, mais quel repos pour ses proches !

QUESTION DE LECTEUR

« On dit souvent : trop bon, trop con. La générosité est-elle un signe de contamination ? »

Emilio, 29 ans, Saint-Cloud.

Non, Emilio, bien au contraire.
Le con est, la plupart du temps, égoïste
et ne pense qu'à son petit confort.

« On dit souvent : faut pas parler aux cons, ça les instruit. Est-ce vrai ? »

Euh, non, rien ne peut instruire un con.
Vous perdrez juste votre temps.

« On dit souvent… »

Je vous interromps, Emilio, c'est une
question par personne, j'ai déjà répondu
à deux des vôtres. Il y a des gens qui
attendent derrière vous.

Le télétravail, est-ce la solution ?

Le télétravail réduit considérablement, il est vrai, les risques de contamination physique. Mais le danger est-il pour autant écarté ?

Cette méthode de travail, qui a connu un engouement sans précédent durant la crise de la Covid, nous évite de tomber, le matin, sur le gros lourd de la compta qui, devant la machine à café, vous raconte le dernier épisode de « Camping Paradis ». Mais que dire des visioconférences, des mails en pleine nuit et des réflexions de vos soi-disant amis : « Ah, tu es en télétravail ! La chance, c'est comme des vacances ! »

Des vacances ? Bah tiens ! 12 heures assis sur la chaise en bois de la cuisine à travailler comme un forcené pendant que les enfants jouent à la Playstation dans le salon au lieu de faire leurs devoirs, que mon ado de fille hurle sur son frère et que le voisin du dessus s'amuse à percer des centaines de trous dans son appartement ! Des vacances, c'est bien cela ?

Aucunement. Mais puisqu'on a la « chance » d'être en télétravail, on se sent obligé de travailler deux fois plus que les autres pour ne pas avoir à se justifier et pour avoir bonne conscience. C'est le cercle vicieux, celui de l'auto-esclavage. Nous devenons notre propre petit chef tyrannique.

À MÉDITER

Vivre sans lire est extrêmement dangereux. Cela vous oblige à croire ce que vous disent les autres.

Avec le télétravail, nous devenons également de véritables metteurs en scène de nos vies, tels des Martin Scorsese du service marketing. Une réunion en visio demande beaucoup plus de préparation qu'une réunion en présentiel. C'est un péplum qui demande une véritable mise en scène, comme dans un film, un décor, un rangement préalable, un cadrage, une lumière, du maquillage, une coiffure, tout doit être parfait pour qu'au final, votre connexion Internet soit tellement faible que vous ayez l'impression de regarder Canal+ en crypté.

5 conseils pour éviter les cons pendant que vous êtes en télétravail :

◆ Coupez votre box Internet en pleine visio, prétextant une coupure due à des travaux dans votre quartier.

◆ Dites-leur que votre téléphone portable passe mal dans votre immeuble.

◆ Confiez vos enfants à vos parents, à une voisine ou à la DASS.

◆ Confiez votre époux ou épouse à vos parents, à une voisine ou à la DASS.

Tel un fonctionnaire municipal marseillais, toujours un jour de canicule, ne faites pas ne serait-ce qu'une minute de travail supplémentaire.

CONSEIL DE SAGE

« La civilisation occidentale combat la bêtise mais cultive la connerie. »

Paul Carvel

Le couvre-feu est-il efficace contre la connerie ?

Tout le monde sait que l'excès d'alcool, que ce soit dans un bar, en soirée ou dans une discothèque, accentue dangereusement la propagation de la connerie.

Il peut donc paraître logique que fermer les bars plus tôt réduirait l'ébriété, donc la connerie et, finalement, les risques de contaminations. Mais rester enfermé chez soi devant son téléviseur ou sa tablette ne rend pas plus intelligent non plus. Cela empêche les rencontres, les débats et les échanges d'idées entre amis ou convives.

Nous ne sommes pas naïfs, loin de nous l'idée de penser que les rencontres et échanges dans les cafés sont tous du niveau de Sartre et Camus buvant une anisette au Café de Flore et débattant sur les vertus de l'existentialisme. Nous avons assez fréquenté les troquets, parisiens et de province, pour constater que la discussion tourne plus souvent, si vous êtes un homme, autour de « ce nase de Neymar qui ne marque pas avec le PSG quand on voit le prix qu'il est payé… » ou, si vous êtes une femme, autour de votre ex qui, comme chacun sait, est « un vrai pervers narcissique ». « J'ai lu un article à ce propos dans le Wall Street Journal ou dans Biba, je ne me souviens plus. Eh bien, il décrivait les pervers narcissiques, c'est typiquement Jérôme ! »

Mais même dans ces cas-là, une conversation permet de stimuler davantage votre esprit et vos neurones que lorsque vous êtes passivement alangui dans votre canapé devant la télévision à regarder un énième reportage sur la police municipale de Nice sur la TNT.

Notre conseil, car c'est aussi notre rôle en tant que docteurs ès conneries, que de vous conseiller, est de préférer passer une soirée avec des amis plutôt que seul ou (ce qui est pire) en couple à la maison.

Mais prenez garde : si, lors de cette soirée entre amis, risque de s'imposer un con ou une connasse que vous ne connaissez pas, optez alors pour une soirée télévision (Arte, dans l'idéal) chez vous.

Attention !

Y a pas de question con

« Peut-on faire le monde d'après avec les cons d'avant ? »

Vous avez trois heures !

À MÉDITER

À la différence des humains, les singes ne laissent jamais le plus con diriger le groupe.

Doit-on imposer un couvre-feu aux cons uniquement ?

Cette mesure semble être frappée au coin du bon sens mais elle présente deux inconvénients majeurs. Primo, elle sera probablement considérée comme discriminatoire et donc retoquée par le Conseil d'État. Et, deuxième point et pas des moindres, il serait cruel d'imposer la présence d'un con ou d'une conne à sa famille tous les soirs. Parce que Roro, pendant qu'il est avec ses amis ivrognes en train de ~~refaire~~ défaire le monde, il laisse un peu de répit à sa pauvre épouse qui, elle, est enfin tranquille à la maison.

Con-seils, Trucs & Astuces

Pour traiter avec les cons, il est fortement recommandé de prendre des gants. Des gants de boxe, bien évidemment.

QUESTION DE LECTEUR

« Puis-je réutiliser mes vieux masques en papier de 2020 pour me protéger du virus de la connerie ? »

Laurent, 33 ans, Valence.

Cher Laurent, je n'ai qu'une seule question à vous poser, pourquoi avez-vous conservé tous vos masques jetables de 2020 ? Êtes-vous radin au point de laver vos mouchoirs en papier pour les réutiliser d'hiver en hiver ? Et je n'ose évoquer avec vous les préservatifs. En tout cas, merci d'avoir acheté ce livre, probablement d'occasion. Pour répondre à votre question, un masque neuf ou recyclé n'a que peu d'intérêt pour l'épidémie qui nous concerne dans ce livre.

Petit point historique : de quand date le premier couvre-feu ?

Les historiens anglais suggèrent que le couvre-feu était une mesure répressive imposée par le Français Guillaume le Conquérant aux Anglo-Saxons en 1068, dans le but d'empêcher une rébellion et de freiner les fréquents incendies des habitations en bois à la suite de feux laissés imprudemment allumés. Cette mesure obligeait ainsi les habitants à couvrir le feu jusqu'à extinction, de 8 heures du soir à 6 heures du matin. Le couvre-feu, tout comme le *French kiss* ou les Gilets jaunes, serait donc une invention française. Cocorico !

Témoignage

« J'ai décidé d'ignorer les cons, reste à savoir ce que je vais bien pouvoir faire de tout ce temps libre. »

Un pass sanitaire contre la connerie est-il une solution ?

Le « pass sanitaire » tel qu'il a été mis en place pour lutter contre la Covid, permettait l'accès à un lieu ou évènement accueillant plus de 50 personnes. Un vaccin, un test négatif ou un certificat de rétablissement permettait l'obtention de ce pass.

En l'occurrence, un tel test concernant la connerie est bien plus compliqué à mettre en œuvre pour plusieurs raisons. La première, nous l'avons vu précédemment, il n'y a malheureusement pas encore de vaccin contre ce virus. Deuxièmement, autant un test au Covid peut être réalisé en pharmacie en quelques minutes, autant des tests de QI et psychomoteur ou bien un entretien avec un psychiatre prendrait beaucoup plus de temps. Et quatrièmement, ces tests ne sont pas assez fiables pour détecter le virus[3].

---

3 Si vous n'avez pas remarqué l'absence de « point numéro trois », vous avez 5 points de moins à votre test de QI.

Le « pass sanitaire » est-il liberticide ?

Ne pas pouvoir aller au restaurant, au cinéma ou à des concerts sans ce précieux sésame est, de fait, liberticide. Mais il est surtout dangereux pour l'économie des lieux concernés. Imaginez que l'on interdise aux cons l'accès aux salles de cinéma ? Qui irait voir les comédies lourdingues avec Christian Clavier, les films de Luc Besson et 99 % de la production cinématographique hollywoodienne ? Rappelons que les industries du cinéma et de l'audiovisuel emploient plus de 300 000 personnes en France. Bon, pour la plupart avec le statut d'intermittent du spectacle, certes payé à 70 % avec des aides de l'État et des régions, donc avec nos impôts… Tout compte fait, instaurer ce pass, quitte à ce qu'il n'y ait plus de cinéma français, n'est peut-être pas une si mauvaise idée après tout.

Rappelons à ce propos que les salles de cinéma sont des lieux où l'on risque la contamination à la connerie aussi bien dans la salle que sur l'écran.

Quant aux concerts, le problème se pose principalement pour les fans de Francis Lalanne. Le « chanteur » est devenu le Che Guevara, le Zavatta, pardon le Zapata des antivax et des anti-pass sanitaire. Mais comment, pour son public, pouvoir assister à l'un de ses concerts sans le pass ? Après quelques recherches, il s'avère que cela ne pose pas de problème, les fans de Francis Lalanne étant moins nombreux que 50, ils peuvent se réunir sans autre formalité.

Con-seils, Trucs & Astuces

Comment repérer une conne à coup sûr ?

Les connes disent souvent « LOL » à l'oral. Non, mesdemoiselles, « LOL » est un acronyme qui ne s'utilise qu'à l'écrit. C'est clair pour vous ? La première qui me répond « LOL » recevra une claque.

AUTOTEST EXPRESS

Êtes-vous un con ?

1 - Réponse A
2 - Bleu
Poulpe
3 - Réponse 3
4 - Non, pas du tout

Résultat : si vous avez choisi les réponses 1, 2, poulpe et 3, il est probable que vous soyez porteur du virus de la connerie.

MISE DES CONS SUR ORBITE

Préparer le monde d'après

Le scénario du pire, l'extinction de l'espèce humaine

Ne croyez pas, lecteur sceptique, que ce chapitre n'a qu'un seul but, vous effrayer et être, un jour, adapté par Netflix pour devenir une série d'horreur à succès. Le risque est bien réel. Alors, me demanderez-vous, puisque le virus de la connerie est aussi vieux que l'humanité elle-même, pourquoi diable y aurait-il un risque d'extinction de notre si belle race humaine ?

Cela ne serait pas la première fois qu'une espèce disparaîtrait à cause de sa bêtise. Si les dinosaures avaient été un peu plus dégourdis, ils auraient inventé le chauffage central pour pouvoir survivre à la grande ère glaciaire. Si les dodos de l'île Maurice avaient fait un peu plus de sport à l'école, ils auraient pu voler et ne pas finir en barbecue, mangés par les colons européens.

Ajoutons à cela que, lorsqu'un con accédait au pouvoir au XIVe siècle, seul son peuple, environ l'équivalent d'une région française, était en danger mais pas le reste de l'humanité. En revanche, lorsqu'un abruti populiste prend le pouvoir de nos jours, il peut du jour au lendemain déclencher une guerre atomique mondiale.

Faisons un peu de politique-fiction, si vous le voulez bien. Nous sommes en 2024, Donald Trump vient d'être réélu, il est encore plus outrancier et incontrôlable que lors de son premier mandat. De l'autre côté de la planète, Vladimir Poutine et le Chinois Xi Jinping, pour mieux contrôler une population rendue vindicative par le 45e confinement dû au variant sigma de la Covid-19, décident de provoquer une fois de plus les États-Unis. Vous la sentez venir, la Troisième Guerre mondiale ? D'autant plus qu'il y a, de par le monde, environ 15 000 têtes nucléaires et qu'une seule de ces têtes peut détruire la ville de Paris en une seconde.

À cause de quelle épidémie, l'humanité pourrait-elle disparaître en quelques heures ? La peste ? Ébola ? La Covid ? Non, la pandémie de connerie.

Nous savons ce que vous vous dites, les auteurs exagèrent toujours. Tout ceci n'est qu'une théorie fumeuse. Figurez-vous, méchant lecteur vindicatif, que si l'on en croit le dernier livre des journalistes du Washington Post, Bob Woodward et Robert Costa, Péril, la directrice de la CIA et le plus haut gradé de l'armée américaine craignaient qu'à la fin de son mandat, Donald Trump n'attaque la Chine « à cause de son ego ». Le chef d'état-major de l'armée américaine, le général Mark Milley, avait même pris l'initiative de téléphoner à son homologue chinois pour lui assurer que les États-Unis ne les attaqueraient pas. Toujours selon ce livre, après la défaite électorale du président républicain le 3 novembre 2020, le général Milley aurait aussi fait promettre à ses adjoints de ne pas obéir immédiatement à un éventuel ordre extrême de Donald Trump, notamment sur l'usage de l'arme nucléaire. Alors, convaincu ?

Et que dire de l'écologie ? L'humanité est, au XXIe siècle, bien trop nombreuse : 7,7 milliards à l'heure où nous écrivons ces lignes. Le réchauffement planétaire fera de Deauville une station balnéaire aussi chaude que Dubaï et Marseille sera bientôt comme Venise, en plus moche mais aussi inondée. Et pourtant, depuis des années, les scientifiques alertent sur le dérèglement climatique mais les cons, depuis 50 ans, répondent invariablement :

- C'est quand même pas ces connards d'écolos qui vont m'empêcher de conduire une diesel !

- On parle de réchauffement climatique mais t'as vu comment il caille cette année ?

- Ça sera à nos petits-enfants de se démerder, nous on sera morts.

- Moi aussi je fais des trucs pour la nature. J'utilise de l'engrais naturel, j'ai enterré ma belle-mère.

...

Pour toutes ces raisons, la fin de l'espèce humaine n'est qu'une question de temps. La connerie nous sera fatale, c'est inéluctable. C'est pourquoi je propose que nous nous déshabillions tous et que nous fassions tous l'amour dans les rues.

Ce chapitre a été écrit avec le concours de l'APOS, l'Association des pessimistes obsédés sexuels.

Con-seils, Trucs & Astuces

Comment repérer un connard
à Roland-Garros ?

*- Mais monte au filet ! Joue le revers.
Mais t'es nul !*

Oui, le con à Roland-Garros est celui qui, alors qu'il a fait deux ans de tennis quand il était ado, se permet de prodiguer des conseils aux meilleurs joueurs de la planète.

QUESTION DE LECTEUR

« Existe-t-il, dans le commerce, des vitamines pour prévenir une contamination à la connerie ? »

Karim, 42 ans, Menton.

Oui, Karim, mais vous ne les trouverez ni dans une pharmacie ni dans une parapharmacie, mais à la bibliothèque municipale.

Lorsque je rends visite à ma belle-mère, je sens monter ma fièvre, j'ai des palpitations et des éruptions cutanées. Est-ce un signe de contamination ?

Chloé, 38 ans, Avignon.

Chère Chloé, rassurez-vous, c'est un symptôme bénin et très habituel lorsque l'on met en relation un beau-fils ou une belle-fille et sa belle-mère. Vous savez par avance que celle-ci vous fera des remarques blessantes sur votre façon d'éduquer vos enfants ou de tenir votre maison. Ces symptômes disparaissent en moyenne, 30 ans après votre mariage, au sortir du crématorium.

La mondialisation favorise-t-elle l'expansion des maladies ?

Les deux piliers de la mondialisation sont la libre circulation des personnes et celle des biens, autrement dit, tout ce qui favorise et accélère les échanges. La libre circulation des personnes est, bien sûr, à l'origine de l'expansion rapide de pandémies partout dans le monde, ce qui fait de la circulation des personnes à la fois la cause et la victime de cette épidémie. Le tourisme, les déplacements professionnels, le domaine aérien, l'industrie des loisirs se sont développés à une vitesse vertigineuse depuis 20 ou 30 ans.

C'est pourquoi il faut saluer, ici, le travail remarquable de Kim Jong-un, le leader nord-coréen et bienfaiteur de l'humanité. Grâce à son sens de la responsabilité, il combat chaque jour, depuis des années, la mondialisation à outrance en refusant, avec courage et détermination, d'ouvrir son si beau pays au monde. Cet homme devrait avoir reçu, depuis des années, le prix Nobel de la paix. En enfermant et en brimant son peuple, en lui interdisant tout contact avec le monde, son magnifique petit pays prospère a été épargné par tous les fléaux occidentaux, tels ceux de la Covid, de la connerie et de la démocratie.

Gloire à toi, ô grand leader, dirigeant bien-aimé, Président éternel, Professeur de l'humanité tout entière et Père de la nation.

(Ce chapitre a été écrit en collaboration avec l'ambassade de la République démocratique de Corée en France et l'office du tourisme de la Corée du Nord, dont le slogan est : « Venez chez nous, vous ne pourrez plus en partir. »)

Con-seils, Trucs & Astuces

Comment repérer un con dans un train ?

Le con dans le train ne supporte pas que vous ayez eu l'outrecuidance d'avoir réservé une place à côté de lui. D'ailleurs, il fait exprès de poser son manteau sur votre fauteuil pour bien vous le faire comprendre. Pendant le voyage, vous n'aurez, sachez-le, pas le loisir de poser le bras sur l'accoudoir, qu'il considèrera comme sa propriété personnelle.

À MÉDITER

On a tellement l'habitude de tomber sur des cons que le jour où l'on rencontre quelqu'un de normal, on trouve ça louche !

QUESTION DE LECTEUR

« Peut-on dire des conneries sans être con ? »

Luc, 28 ans, Le Mans.

C'est une bonne question, Luc. Bien sûr que l'on peut, parfois, dire des conneries sans être pour autant porteur du virus de la connerie. C'est bien en cela que la maladie est pernicieuse. J'ajouterai même que l'on peut écrire des conneries, comme c'est le cas pour vos serviteurs, sans pour autant être con… enfin, nous l'espérons.

Test psychologique : à quel stade de la maladie êtes-vous ?

Êtes-vous prêt à commencer ce test pour connaître votre stade de contamination ?

1 - OK, faisons le test.

2 - Je ne suis pas au stade, je lis un livre intitulé : *Comment lutter contre la plus grande pandémie, les cons !*

Quel âge avez-vous ?

1 - Moins de 13 ans.

2 - Entre 13 ans et 20 ans.

3 - Entre 20 et 40.

4 - Entre 40 et presque mort.

5 - Je refuse de donner cette information au gouvernement.

Tenez-vous la porte aux gens derrière vous ?

1 - Oui.

2 - Non.

3 - Parfois.

4 - Seulement si c'est une jolie gonzesse avec de gros nichons.

5 - Rien ne m'oblige à répondre à votre test.

Avez-vous déjà spoilé une série à des amis ou des collègues par pur plaisir ?

1 - Non.

2 - Oui.

3 - Vous saviez qu'à la fin de *Lost*, on finit par se rendre compte que tout le monde est mort et que l'île est la représentation du purgatoire ?

4 - Je n'ai pas regardé une série depuis qu'ils ont arrêté *Derrick*, sous le prétexte fallacieux que le comédien était un ancien SS.

5 - Je suis persuadé qu'il y a une caméra dans mon téléviseur et que le gouvernement me surveille.

Au feu orange ...

1 - Vous vous arrêtez.

2 - Vous accélérez.

3 - Eh, avance, du con !

4 - Vous roulez sur le trottoir.

5 - De toute façon, à cause du gouvernement, je n'ai plus de permis.

Avez-vous déjà mis votre main sur une plaque chauffante pour vérifier si elle était chaude ?

1 - Non.

2 - Oui.

3 - Elle n'est pas chaude, regardez.
Merde, je brûle !

4 - Je demande à mon fils de le faire à ma place. Dylan, viens voir papa !

5 - Pourquoi me posez-vous toutes ces questions ? Je vais saisir le Conseil constitutionnel.

Hormis le livre que vous avez entre les mains, quel est le dernier livre que vous ayez lu ?

1 - Un livre de philosophie.

2 - Qu'est-ce que vous appelez « livre », au juste ?

3 - Je ne lis que les livres d'Éric Zemmour.

4 - Le catalogue de La Redoute, ça compte ?

5 - Je ne lis jamais de livre, ni de journaux. Il n'y a que sur Facebook que je m'informe.

En tant que parent, quelles sont les valeurs que vous souhaitez inculquer à vos enfants ?

1 - La tolérance et le respect.

2 - Hé, mon fils, c'est pas un valeur ! Il n'a jamais volé quelqu'un !

3 - L'obéissance et la discipline.

4 - Si c'est une fille, le ménage et le repassage.

5 - Ne jamais faire confiance à qui que ce soit.

Résultats :

Vous avez une majorité de 1 :

Rassurez-vous, vous n'êtes pas, a priori, contaminé par le virus de la connerie. Mais continuez tout de même à respecter les gestes barrières et à vous protéger des cons.

Vous avez une majorité de 2, 3 et 4 :

J'ai une bien mauvaise nouvelle à vous annoncer. Prenez une chaise, respirez profondément. Madame, monsieur, je crains malheureusement que vous ne soyez contaminé. Inutile de pleurer ou de vous énerver, je sais, c'est cruel mais la vie est cruelle. Je ne peux vous donner qu'un conseil, essayer de protéger vos proches en vous isolant au maximum.

Vous avez une majorité de 5 :

Vous êtes définitivement un con, contaminé au pire variant qui soit, le variant complotiste. Dans votre cas, sachez que le gouvernement ne vous surveille pas, que le gouvernement ne s'intéresse pas à vous, et ce pour une bonne raison, vous avez une vie de merde ! Aussi banale qu'inintéressante !

Conclusion

La connerie est manifestement nécessaire sur le plan de l'évolution de l'espèce. Sinon, si l'on en croit la théorie de Darwin, une telle tare aurait disparu depuis longtemps de l'humanité.

Mais est-ce une raison pour ne pas la combattre ? La réponse est bien évidemment non. Nous avons abordé, dans cet ouvrage, véritable bible sur le sujet, bien des aspects de la maladie. Vous en savez maintenant beaucoup. C'est donc à vous, oui à vous lecteurs avertis, de devenir de petits soldats luttant contre l'obscurantisme, la bêtise et les contres-vérités.

Oui, la tâche est rude, elle peut même paraître insurmontable. Vous avez certainement l'impression d'être un héros hollywoodien cerné par une horde de zombies prêts à vous manger le cerveau. Mais votre combat contre la connerie, si vous le réussissez, n'en sera que plus héroïque. Il sera fait de petites victoires. Convaincre votre collègue de bureau que, non, tout ce qui est écrit sur Facebook ne constitue pas une vérité. Vous apprendrez à votre fils à se comporter respectueusement avec les filles et lui ferez comprendre que les relations homme-femme sont un peu plus complexes que dans une vidéo pornographique de 10 minutes. Vous réussirez à convaincre votre oncle réactionnaire que, non, tout n'était pas mieux avant. C'est avec ces petites batailles que, tous ensemble, nous pourrons, peut-être un jour, gagner la bataille du vivre-ensemble et, qui sait, éradiquer le virus de la connerie de la surface de la Terre. Il ne nous restera qu'à nous attaquer au système solaire car, ne vous leurrez pas, si les extraterrestres existent, ils sont probablement très cons.

Le combat ne fait que commencer.
Que la force de persuasion soit avec vous.